転生王女は幼馴染の溺愛包囲網から逃げ出したい

前世で振られたのは私よね!?

蓮水　涼

JN083936

23177

角川ビーンズ文庫

contents

第０話　運命は良くも悪くも変わるもの　007

第１話　始まりは残酷《ざんこく》で愛《いと》しくて　014

第２話　彼女は誰《た》がために微笑む　029

第３話　彼は道化《どうけ》と踊《おど》る　051

第４話　御伽噺《おとぎばなし》のようにはなれない　066

第５話　拗《こじ》れた縁《えん》はかくも愚《おろ》かと　085

第６話　望まぬ願いを叶《かな》えるために　100

第７話　彼女だけが知らない　152

第８話　真実は誰《だれ》のためにも存在しない　187

第９話　幸せは逃げも隠《かく》れもしない　206

あとがき　247

characters
アルバート・グレイ
（前世：エリク）
ラドニア王国オルドリッジ侯爵子息。
前世ではエリクという少年で、
騎士であった。エリアナにも
前世のリジーにも過保護気味。
エリアナ・ミラー
（前世：リジー）
ラドニア王国第一王女。
前世では、リジーという少女で
騎士であった。
アルバートにも前世のエリクにも
片想いをしている。
転生王女は幼馴染の溺愛包囲網から逃げ出したい

アズラク・ドラグニア
（前世：ルーク）

ファルシュ王国第二王子。
前世はルークという少年で、
リジーとエリクの友人。今世では
エリアナの婚約者候補。

ユーイン・ロックウェル
（前世：シルヴィア）

ラドニア王国近衛騎士で、
エリアナを慕う。
前世ではシルヴィアという少女で、
リジーとエリクの恩人。
ただ前世の記憶はない……？

アデル

エリアナの侍女。

ネイト

アルバートの侍従。

本文イラスト／春が野かおる

第0話　運命は良くも悪くも変わるもの

ある寒い日のことだった。

雪は降るし、風は殴《なぐ》るように吹《ふ》きすさんでいて、正直、外には出たくない空模様。

それでも暴力的すぎる真っ白な世界を、少女と少年は必死に進んだ。

固く手を握《にぎ》り合い、わずかな体温を分け合うように。

何よりも、決して離《はな》れないように。

「ねぇ、こっちであってるよね？」

「あってる」

「でも、何も見えないよ」

「大丈夫《だいじょうぶ》。絶対、大丈夫。だから早く薬買って、院《ホーム》に戻《もど》ろう」

「そうね。早くジーンに薬を買ってあげなきゃ」

頷《うなず》いて、二人は互《たが》いの手を強く握り直した。

しかし不幸だったのは、やっとの思いで辿《たど》り着いた薬屋がこの吹雪《ふぶき》のせいでやっていなかったことだった。

どれだけ店の扉《とびら》を叩《たた》いても、人の気配すらしない。養護院で待つ三歳のジーンが、今も風邪《かぜ》で苦しんでいるというのに。

このやるせなさに、少年の心が先に折れた。実は彼自身も最近流行《はや》っている風邪の予兆を見せていて、本当なら養護院で待つべき体調だったのだ。

それでも少女を心配して、彼は一緒《いっしょ》に来てくれた。少女はそれが嬉《うれ》しかった。

けれど。

「エリク、しっかりして、エリク！」

彼の身体《からだ》が熱い。冷たい外気に晒《さら》されたとは思えないほど、異常な熱を帯びている。

やはり頼《たよ》ってはいけなかったのだ。

「エリク……っ」

倒《たお》れた彼をなんとか背負う。ただでさえ不明瞭《ふめいりょう》な視界が、涙《なみだ》でさらに悪くなる。

一歩一歩、背中の重みに倒れないように、しっかりと雪の積もった地面を踏《ふ》みしめた。

やがて、そんな少女にも限界が来て、足の動きが鈍《にぶ》くなる。

「だ、れかっ」

――誰《だれ》か。誰でもいい。誰でもいいから、彼を助けて。

声にならなかった懇願《こんがん》を、しかし、拾い上げてくれた人がいた。

「大丈夫ですか⁉」

天使が――吹き荒《あ》れる雪よりも真っ白な天使が、舞《ま》い降りてきてくれたと思った。
それを最後に、少女は意識を手放した。

あの日、少女と少年を助けてくれたのは、その地の領主の娘《むすめ》だった。

よく養護院に慰問《いもん》に来てくれる彼女のことを、彼らもよく知っていた。彼女は養護院にいるみんなを心配して、吹雪のなか様子を見に来てくれたという。そこで二人のことを聞いて、捜《さが》してくれていたのだと。

それから数年。少女と少年は騎士《きし》になった。辺境伯である領主の屋敷《やしき》で、彼女に恩を返すために。

しかし少女が驚《おどろ》いたのは、そうして月日を過ごすうちに、少年と彼女が恋仲《こいなか》になったことだ。

大切な二人が幸せそうな姿を見て、少女も頰《ほほ》を緩《ゆる》ませる――胸に突《つ》き刺《さ》さる痛みは、そっと見ないふりをして。

穏《おだ》やかな日々だった。幸せな日々だった。

何者かに、屋敷を襲《おそ》われるまでは――。


これは、よくある恋物語。

身分違《ちが》いの二人は死神に引き裂《さ》かれ、少年は愛する彼女を逃《に》がし敵の許《もと》へ向かう。

大丈夫、負けないからと、少年は約束するけれど。

彼女は何かを悟《さと》ったのだろう。最後に仄《ほの》かな笑《え》みを浮《う》かべて。

『たとえこの先何があっても、私はずっと、あなたを愛しています』

そう言って、彼を送り出したのだった。


「——そ・れ・が！　なーんでこんなことになってんの⁉」

さらさらの金の髪《かみ》を乱して、上等な身なりの青年が言う。

追及《ついきゅう》された女のほうは、今ではもう見慣れたグリーンスフェーンの瞳《ひとみ》を見返して、ずばりと答えた。

「知らないわよ。そういうことは私に訊《き》かないで、本人に訊いてみれば？『なんで君は男に生まれ変わっちゃったの？』って」

「訊けるわけないだろ！」

気安い会話を交《か》わす二人は、ラドニア王国第一王女であるエリアナと、オルドリッジ侯《こう》爵《しゃく》子息であるアルバートだ。

なんの因果か、前世で兄妹《きょうだい》のように育った二人は、今世で幼馴染《おさななじみ》となっていた。

(こういうのを腐《くさ》れ縁《えん》って言うのね)

エリアナはため息をつく。

目の前で吠《ほ》えているのは、エリアナが前世で失恋《しつれん》した男である。全く嬉しくないことに、自分も、そして彼も、なぜか前世の記憶《きおく》を持ったまま生まれた。

幼い頃《ころ》に婚約者《こんやくしゃ》候補として顔を合わせた瞬間《しゅんかん》、互いに理解したのだ。

彼は、彼女は、前世で共に養護院で育ち、共に散った、己《おのれ》の半身とも言うべき存在だと。

そして互いに記憶があることを、二人は知った。

その喜びようといったら尋常《じんじょう》ではなかった。それまで身の内にある記憶は誰とも共有できず、虚《むな》しいばかりだったから。

喜んで、同時に彼は期待した。前世で恋人だった〝彼女〟も、もしかして――。

が、現実はそう甘くない。

「ほんと、笑うわよねー。まさかシルヴィア様が男に生まれ変わってるなんて。しかも私の護衛騎士よ。優秀《ゆうしゅう》よ」

「知ってるよ！　じゃなきゃ君を任せられないからね！」

その言葉にドキリとする。なんて心臓に悪いのだろう。彼はたまにそうやって、エリアナが期待するようなことをさらりと言う。

「シルヴィ……ああシルヴィ！　そんなに俺との再会が嫌《いや》だったのか？」

こんな泣き言はしょっちゅうで、エリアナはもう傷つくよりも呆《あき》れることが多くなった。

口元を隠《かく》した扇《おうぎ》の陰《かげ》で、またため息を吐《は》き出す。

「筋肉のついたシルヴィなんてシルヴィじゃない！　こんな人生、あんまりだ！」

彼の最後の言葉には、さしものエリアナも深く頷いた。

そう、あんまりだ。

また同じ男に失恋する、わかりきった人生なんて。

第1話　始まりは残酷《ざんこく》で愛《いと》しくて

エリアナ・ミラー王女の一日は、まずアーリーモーニングティーから始まる。

ベッドの上で飲む紅茶は、なんと優雅《ゆうが》で特別感溢《あふ》れるのだろう。濃《こ》く淹《い》れられたダージリンを、砂糖もミルクもなしで飲むのがエリアナの好きな飲み方だ。前世の養護院生活では考えられない贅沢《ぜいたく》である。

それから新聞を読み、国民の生活を知る。政治、経済、文化、果てはゴシップまで。朝の習慣だった。

その次にはバスタイムで、寝汗《ねあせ》をすっきりと落とすと、侍女《じじょ》にメイクをしてもらうのだ。女の身支度《みじたく》は時間がかかる。前世によってそれを知っていたエリアナでさえ、王女の身支度の長さには驚いた。もう少し簡単でもいいのよ、と言いたいところだが、それで侍女やメイドたちから仕事を奪《うば》うのも気が引けた。

そうして身支度が終わると、届いた手紙の返事をひたすら認《したた》めたり、刺繍《ししゅう》をしたり、勉強をしたり。あとは、自分が行っている慈善《じぜん》活動に精を出すこともある。

昼食後はひたすらお茶会に参加して、または主催《しゅさい》して、人脈作りに勤《いそ》しむ。

「はぁ。王女も楽じゃないわね」

午後のお茶会が終わり、自分の部屋に戻《もど》ってきたエリアナは、お気に入りのクロムグリーン色のソファにもたれかかった。

自室には気心の知れた侍女と護衛騎士だけがいる。思う存分気を抜《ぬ》いた状態で呟《つぶや》けば、騎士のユーインが答えてくれた。

「ですが、殿下《でんか》はとてもよく頑張《がんば》っていらっしゃると思います。国民の評判も良いですし、私としましても、自慢《じまん》の主《あるじ》です」

「ありがとうユーイン。あなたにそう言ってもらえると自信がつくわ。でも、もっと頑張らないとね」

彼はエリアナの騎士の中でも、特に尊敬の念を伝えてくれる健気《けなげ》な騎士である。

背が高く、紺色《こんいろ》の騎士服の上からでもわかるくらい、筋肉に覆《おお》われている男。

なのにむさ苦しい雰囲気《ふんいき》はなく、所作も王族に仕える近衛《このえ》にふさわしい洗練されたものだ。涼《すず》やかなアイスブルーの瞳は、いつも真っ直《す》ぐとエリアナを見守ってくれている。

ただ一つ、思うところがあるとすれば。

(相変わらず前世《むかし》の面影《おもかげ》、皆無《かいむ》ね)

もう何度そう思ったことだろう。

近衛隊にいた彼をひと目見て、エリアナが父王に頼《たの》み込み、自分の騎士になってもらったのは随分《ずいぶん》と前のことである。

周りは、エリアナが彼の凛々《りり》しい姿に惚《ほ》れたからだ、と憶測《おくそく》する。

けれど実際は違う。

ユーインは、前世のエリアナの恩人なのだ。

領主の娘、シルヴィア。恩人で、恋敵《こいがたき》でもあった人。

とてもとても大切な、エリアナの友人。

ひと目見て、ユーインが〝彼女〟だと解《わか》った。

姿は全く違《ちが》うのに、魂《たましい》が同じだと直感的に思ったのだ。それはエリク――今世ではアルバートの名を与《あた》えられた彼も同じだった。

エリアナがアルバートにユーインを紹介《しょうかい》したとき、アルバートが感極《きわ》まって彼に抱《だ》きついたことは王宮中の笑い話となっている。

ユーインに思いきり殴られた《拒絶された》ことまで、王宮では面白《おもしろ》おかしく噂《うわさ》されていた。

「ふふ」

「？　どうされました、王女殿下」

つい思い出し笑いをしてしまって、聞きつけたユーインが不思議そうに小首を傾《かし》げた。

「いえ、少し思い出してしまっただけよ。あなたとアルバートが初めて会ったときのこと」

ユーインの眉間《みけん》にしわが寄る。

なんともかわいそうな話だが、彼はアルバートが苦手らしい。

そして彼には、前世の記憶がない。

「ずっと疑問なのですが、なぜ殿下はあの方と親しくしているのです？」

心底理解できないといった風情《ふぜい》で、ユーインが訊《たず》ねた。

彼は素直《すなお》だ。良い意味でも、悪い意味でも。

そこはシルヴィアと全く同じで、やっぱり魂は同じなんだと実感する。

「なぜと言われても、彼は私の幼馴染《おさななじみ》よ？」

「ですが、それだけです。幼少の頃は婚約者候補だったらしいですが、それももう外れたと聞いております」

「ええそうね。今はもう違うわね」

子どものとき、それを理由に顔合わせをさせられた二人だったが、実は婚約者というわけではない。

というより、エリアナに今、婚約者はいない。

年齢《ねんれい》的にいてもおかしくはないのだが、諸事情で兄王子の婚約が破棄《はき》されたとき、エリアナの婚約話も白紙に戻っている。王位継承《けいしょう》順位第一位の兄王子に気を遣《つか》った結果だった。

おそらく兄王子の婚約者が決まるまでは、エリアナの話も進まないだろう。

それにほっとしているような、もどかしいような。

（またアルバートが他《ほか》の女性と愛し合うところを見るよりは、先に結婚《けっこん》でもして、彼を遠ざけられたらいいのに）

だから、もし自分の結婚にわがままを聞いてもらえるなら、本当は他国に嫁《とつ》ぎたいと思っている。そうすれば、彼も今のように気安く訪ねてくることはできないだろう。

何よりも、自分の視界から物理的に彼を追い出せる。

（本当は別に今だって、遠ざけようと思えば遠ざけられるのにね）

なにせエリアナは王女で、アルバートよりも身分が高い。

それもあって、ユーインはあんな疑問を口にしたのだろう。――なぜ殿下はあの方と親しくしているのです？　と。

アルバートが気安くエリアナの許《もと》を訪ねられるのは、エリアナが許しているからだ。

自分でも気づいているこの矛盾《むじゅん》を、口で説明することは難しい。

ただそれは、たったひと言に置き換《か》えることもできてしまう。

――彼に、恋をしているから。

好きだから、他の女性を想《おも》う彼を見たくなくて。

好きだから、少しでも一緒《いっしょ》にいたいと願ってしまう。

離《はな》れたいのに、離れたくない。おかしな矛盾。

「……大丈夫《だいじょうぶ》よ、ユーイン。あなたはきっと、婚約者でもない男性と仲良くしていると私の評判に傷がつくかもって、そう心配してくれているのよね？　でも大丈夫。節度は守るわ」

少し納得《なっとく》のいかない顔をするが、ユーインはすぐに表情を切り替《か》えた。

「失礼いたしました。全《すべ》ては、王女殿下の御心《おこころ》のままに」

ソファに座るエリアナの前にやってくると、彼は膝《ひざ》をついてエリアナの手を取る。そのまま手の甲《こう》に唇《くちびる》を落としてきた。

真面目《まじめ》な彼は、よくこうして己《おのれ》の忠誠心を示してくれる。

そんなところもまた、シルヴィアと同じだった。彼女もまた、当時の貴族にしては珍《めずら》しいほど真面目で一直線な性格だったから。

だからこそ、恋敵であろうとも、前世の自分は彼女を嫌《きら》いにはなれなかったのだ。

苦笑《くしょう》していると、侍女の一人が客を連れてきた。アルバートだ。

「エリアナ、ちょっといい？　相談したいことが――って何してんの⁉」

ちょうどユーインがエリアナの手の甲に忠誠《キス》を落としたところにやってきた彼は、部屋に入ってきて早々、その目をぎょっとさせた。

彼の次の行動が容易に想像できたエリアナは、さりげなく自分の手を引っ込める。

案の定。

「シルヴィが膝なんかついちゃだめだろっ。ほら立って。ああ膝が汚《よご》れてるじゃないか」

アルバートがユーインの膝についたわずかな埃《ほこり》を払《はら》う。

嫌《いや》な予感がして、されるがままのユーインを一瞥《いちべつ》すれば、彼の口元が震《ふる》えているのをエリアナは見た。

(あ、まずいわ)

慌《あわ》ててアルバートを止める。

「アルバート。それ以上はストップよ、アルバート。いい加減気づいて」

「え？」

目が合った彼に伝わるように、ユーインへと視線を誘導《ゆうどう》する。

そこでやっと自分が何をやらかしたのか、アルバートも理解したらしい。

彼の顔から血の気が引いていく。

「ユ、ユーイン。あの、今のは……」

「アルバート・グレイ殿《どの》」

「っ、はい！」

「どうやら貴殿は王女殿下に対する礼儀《れいぎ》をどこかに落としてきたようです。取りに戻《もど》られるがよろしいでしょう。出口はあちらです」

アルバートがひくりと口角を引きつらせた。

ユーインは絶対零度《れいど》のオーラを放っていて、危《あや》うく部屋の隅《すみ》に控《ひか》えている侍女《じじょ》たちにまで影響《えいきょう》を及《およ》ぼそうとしている。

　エリアナは額に手を当てた。

「やめなさい、ユーイン。私は構わないから、少し落ち着いて」

「ですが殿下《でんか》、彼は殿下に挨拶《あいさつ》もなく、しかも何度注意しても人のことを別人の名で呼ぶような失礼な人間です。どう考えても殿下にはふさわしくありません。即刻縁《そっこくえん》を切るべきかと」

「そこまで⁉　いや、確かに名前を間違えたのは悪かったけど、別人ではないっていうか……」

「私の名はユーイン・ロックウェルです。もう二十三回目です、貴殿に名乗るのは」

「ああ、うん。よく数えてたね」

　ははは、とアルバートが乾《かわ》いた笑みをこぼす。

　彼の言いたいことを理解できるのは、世界中どこを探してもエリアナだけだろう。彼と同じく前世の記憶《きおく》がある、エリアナだけ。

（姿は違うけど、魂《こころ》が同じだから。だから、重ねちゃうのよね）

　前世の恋人と、その生まれ変わりであるユーインを。

　きっとアルバートは、まだ現実を受け入れられていないのかもしれない。

（無理もないわ。ユーインと会うまで、ずっと言っていたものね）

――〝俺、絶対にシルヴィを見つけるよ。見つけて、今世こそ彼女の幸せを見届けるんだ〟


前世で叶《かな》わなかった願いを、彼は今世にかけていた。

なのに蓋《ふた》を開けてみれば、想い人は男に転生しているというなんとも悲しい現実が待っていたのだ。そう簡単に受け入れられないのも頷《うなず》ける。

それでも最初の頃《ころ》よりも、アルバートがユーインの名を呼び間違《まちが》える回数は格段に減っている。

「だいたいね、私とアルバートは幼馴染よ。いちいち挨拶されるほうが面倒《めんどう》だわ」

「殿下がそうやって甘やかすから調子に乗るのです。やはり距離《きより》を置くべきです」

そんなことを本人の前で言う彼も、なかなか失礼だとは思うけれど。

(まあでも、ユーインの怒《おこ》る理由もわかるのよねぇ)

敬愛する王女に対する無礼はおろか、男の自分に対して女の名を呼ぶ。

そりゃあプライドはズタズタだろう。喧嘩《けんか》を売っているのかと怒鳴《どな》りたいに違いない。

双方《そうほう》の気持ちがわかるから、エリアナはいつも頭を悩《なや》ませている。

「そうねぇ。距離を、ねぇ」

ちらりとアルバートを窺《うかが》えば、彼は勢いよく首を横に振《ふ》っていた。

でもその理由は、エリアナと離れたくないから、ではないのだ。

(どうせシルヴィア《ユーイン》様と離れたくないから、なのよね)

アルバートはユーインを恋愛《れんあい》的な意味で好きなわけではないけれど、ユーインに見るシルヴィアの面影《おもかげ》を求めて、よくエリアナを訪ねてくる。

エリアナを訪ねれば、その護衛騎士《きし》であるユーインにもほとんどの場合で遭遇《そうぐう》できるからだ。

だから、シルヴィアが男としてこの世に生を受けた今世でさえ、エリアナはアルバートの心がまだ彼女に向いていることを嫌でも理解させられる。

だから、今世もまた、アルバートに想いを告げられない。

(ほんと、なんでこんな面倒くさい人を好きになっちゃったのかしら、私)

自分でもわからない。

前世の自分は、死に際《ぎわ》、そんな辛《つら》い恋《こい》が嫌で、もう二度と恋なんてしないと決めたはずなのに――。

『リ、ジー……?』

今世で再会した彼が、前世の自分の名前を呼んだ瞬間《しゅんかん》。

『リジーっ!』

なりふり構わず抱《だ》きしめられて、一瞬で前世《むかし》の想いが蘇《よみがえ》ってしまった。

太陽みたいに明るい笑顔は変わらなくて、その人懐《ひとなつ》っこい雰囲気《ふんいき》も一緒で。

優《やさ》しく細められる眼差《まなざ》しに、心がきゅうと切なく鳴いた。

嫌いになれるなら、とっくに縁《えん》を切っていた。


「エリアナ？　どうしたの、ぼーっとして。もしかして体調でも悪い？」

アルバートが心配そうに覗《のぞ》き込もうとしてきて、慌てて思考の底から浮上《ふじょう》する。

「違うわ。ちょっと考え事をね。それでなんだったかしら、距離を置くという話だったかしら？　悪いけど、今のところそれは考えてないわ。ごめんなさいね、ユーイン」

エリアナがきっぱり言うと、アルバートは喜色を浮《う》かべ、ユーインは不満げな顔をする。

しかしすぐに自分の立場を思い出したように、ユーインが丁寧《ていねい》に腰《こし》を折った。

「差し出たことを申し上げました。お許しください、殿下」

本当に、超《ちょう》がつくほど真面目な男だ。

だから今世も、彼女《かれ》を憎《にく》めない。

「私は気にしてないわ。だからあなたも気にしないで」

「はい、ありがとうございます」

ふわり、ユーインが優しく笑う。その笑みを見て、エリアナもまた微笑《ほほえ》んだ。

きっかけはある意味不純だったけれど、エリアナはユーインを自分の騎士にして良かったと思っている。

なぜならエリアナは、ユーイン・ロックウェルという男を存外気に入っているからだ。

シルヴィアの生まれ変わり、だけではなく。

ただのユーインとしても、気に入っている。

というより、ここまであからさまに親愛の情を伝えてくれる彼に、絆《ほだ》されないわけがなかった。

「それで、アルバートは何か用があったんでしょ？　なんだったの？」

話題を変えるために訊《たず》ねれば、珍しくアルバートがエリアナを見て呆《ほう》けた顔をしていた。

まるで予想外のものでも見たような、あるいは小さな衝撃《しょうげき》でも受けたような。

「アルバート？」

「えっ？」

「『えっ？』じゃないわよ。だから、何か用があって来たんでしょ？　どうしたの？　疲《つか》れてるならもう帰ったほうがいいんじゃない？」

「いや、全然大丈夫《だいじょうぶ》！　今のはちょっと驚《おどろ》いた？　だけというか。ユーインにはそんなふうに気の緩《ゆる》んだ顔で笑うんだなって、なんとなく、思っただけだから。それに俺、このあとまた仕事に戻らないといけなくて、どちらにしろまだ帰れないんだよ」

「……そう。じゃあ、今は休憩《きゅうけい》時間なのね？」

「うん。二日に一回はエリアナの顔を見ておかないと心配だからね。今日は仕事が遅《おそ》くなりそうで、この時間しか空いてなかったんだ」

ああ、本当に。アルバートはこういうこともさらりと言ってくるから困る。

でもその言葉にエリアナの望むような意味が含《ふく》まれていないことは、すでに学んでいるのだ。

アルバートは前世に囚《とら》われている。それは何も、シルヴィアのことだけではない。

彼より先に死んでしまったエリアナ《リジー》に対しても、彼は異常なほどの心配を見せる。

(それもあるって知ってるから、余計に無下にできないのよね)

彼のこの度《ど》を越《こ》した訪問が、実はまさか生存確認《かくにん》の意味合いも含まれているなんて、いったい誰《だれ》が気づくというのだろう。

エリアナでさえ、気づいたのは最近だ。

最初はユーインを見て安心したように表情を緩めているのかと思っていたが、ユーインがいないときにも同じ表情を見せる彼に気づいたとき、エリアナは無言で扇《おうぎ》を広げていた。

赤い顔を隠《かく》しながら思ったのは、そんなこと気づきたくなかった、という後悔《こうかい》だ。

「大丈夫、無理なんてしてないよ。それに、これは俺の自己満足だからね」

アルバートが眉尻《まゆじり》を下げて笑う。

その表情に弱い自覚はあった。

「無理をしてないならいいわ。じゃあちょうどいいから、お茶にしましょう。私もこれから休憩だったし、お茶を飲みながらあなたの話を聞かせて」

「もちろん。ならこれ、お茶のお供にどうぞ。君の好きなスコーンを買ってきたんだ。最近人気の店なんだって」

「まあ！　さすがねアルバート。そういう気遣《きづか》いは、女性のポイントがとっても高いわよ」

漂《ただよ》った哀愁《あいしゅう》を払《はら》うかのように、わざと明るい声を出した。

「ポイントって……。まあでも、君の中のポイントが上がるなら買ってきたかいがあったかな」

「……そうね、右肩上《みぎかたあ》がりだわ」

ふふ、と笑《え》みを貼《は》りつける。こんな思わせぶりなことを言うのに、彼の好きな人は自分ではない。

(大丈夫、わかってるわ)

自惚《うぬぼ》れたりなんかしない。前世はそれで失敗したのだ。

彼の言動を真に受けて、過度な期待を抱《いだ》いたこともあった。

そうして彼が選んだのは、自分ではない、霞草《かすみそう》のように可憐《かれん》で清廉《せいれん》な女性。

悪いのは彼じゃない。勝手に期待した、自分だ。

(だから、今世では絶対に期待しない。大丈夫、大丈夫)

だって彼は、エリアナの心を弄《もてあそ》んでいるわけではなく、本心からそう思って言っているだけなのだから。

彼にとって自分は家族で、特別で、きっと、想《おも》い人の次に大切な存在。

そう思ってもらえるだけでも、十分だと思わなければ。

「それで、聞いてくれるかい？　相談したかったのは、妹のハンナのことなんだけど――」

第2話　彼女は誰《た》がために微笑む

エリアナは現在、王都の中でも労働者階級が多く住む街に来ていた。

城から乗ってきた馬車を降りようとして、大きな手が差し出される。

「気をつけてね、エリアナ。今世の君はなぜかよく転《ころ》ぶから」

手の主《ぬし》は、ブラウン系のジャケットをセンス良く着こなしたアルバートだ。

貴族なんてあまり見かけないような街らしく、服自体は安価なものを選んだと言うが、着こなす本人から溢《あふ》れるオーラが彼を平民には思わせない。

残念な子でも見るような眼差しを送りながら、エリアナはアルバートの手を取った。

「よく転ぶのは、前世《むかし》の感覚に引っ張られたときだけよ。アルバートがいないときは大丈夫だもの」

「え、それ俺のせいってこと?」

さあ?　とエリアナは意地悪く返した。

彼への恋心《こいごころ》をどうにかして終わらせたいエリアナは、一応、彼との過度な接触《せっしょく》はしないように気をつけている。

その証拠《しょうこ》に、王宮ではアルバートが訪ねてくるから会うけれど、彼が訪ねて来なければそれもなく、また王宮の外で会うなんてことは今まで一度もしなかった。

それはひとえに、エリアナが彼への想いをこれ以上募《つの》らせないためなのだが、どうして今日、こうして彼と街に出かける羽目になっているのか。

原因は、数日前にされた彼の相談にある。


『それで、聞いてくれるかい？　相談したかったのは、妹のハンナのことなんだけど』

『ハンナがどうかしたの？』

前世では一人っ子だったアルバートとエリアナだが、今世では二人共にきょうだいがいる。

むしろ前世では二人が兄妹《きょうだい》のように育ったが、そう思っていたのはアルバートだけだ。エリアナはアルバートを兄のように思ったことなど一度もない。

ハンナというのは、アルバートの今世における血の繋《つな》がった妹のことである。

エリアナにとっても、もう一人の幼馴染《おさななじみ》みたいなものだった。

『最近、俺たち家族にも内緒《ないしょ》でどこかに出掛《でか》けてるみたいなんだよね。本人は友人のところだって言うんだけど、友人のところへ遊びに行くにしては、服装がシンプルというか』

『あのかわいいもの好きのハンナが？』

『そうなんだよ！　たとえ気心の知れた相手しかいない場でも服装に余念がないあのハンナが。フリルなんて一つもない！　シンプルなワンピースを！　楽しそうに着て行くんだ！』

『それは珍《めずら》しいわね』

兄であるアルバートが熱弁したように、ハンナはかわいいものが大好きで、それが顕著《けんちょ》に表れるのが服だった。彼女の持つドレスはどれもフリルが多く、ひと言で言ってしまえば派手なものばかりである。

そんなハンナが、フリルのない服を進んで着るとは思えない。

他人が聞けばそんなことかと思ってしまうようなことだが、ハンナという人間を知っていて、かつアルバートが妹を溺愛《できあい》していることを知っていれば、聞き流すこともできなかった。

『そこで物は相談なんだけど』

どうやらここからが本題のようだ。

『エリアナ、前に言ってたよね？　国民の生活を直《じか》に見てみたいって』

『言ったわね』

けれどなぜ今その話題を出すのだろう。

と、思っていたら。

『でもアンセルムに許可をもらえなくて、残念がってたよね？』

アンセルムというのは、今世のエリアナの兄のことだ。

全世界の〝兄〟という生き物がそうなのかはわからないが、こちらの兄もまた、妹——というより弟妹《ていまい》を溺愛している。

『お兄様は過保護なのよ。最低でも十人は護衛を付けないと外には出せないって仰《おつしや》るんだから。それだと国民の生の声なんて聞けないでしょう？　だから正体を隠して街の人と触《ふ》れ合ってみたかったのに、却下《きやつか》って即答《そくとう》するんだもの。公務で修道院に行くときだって、物々しいくらい大勢の騎士《きし》で固めるのよ？　あれじゃあこっちが遠慮《えんりよ》して簡単に街に行きたいなんて言えなくなったわ』

『それはアンセルムが俺と似たり寄ったりのシスコンだからというのと、エリアナ自身にも原因があるからだね。聞いたよ？　エリアナ、小さい頃《ころ》はよく街に出掛けては迷子になったり、怪我《けが》をしたりしてたらしいね？　そういえばエリアナは生まれたときから前世の記憶《きおく》があったって言ってたから、その影響《えいきよう》かな。だったらアンセルムの過保護も納得《なつとく》だよ。もし俺がアンセルムと同じ立場だったら、絶対同じことした自信がある。そんなエリアナを無防備に街に行かせるなんて、不安で仕方ないからね。ほんと、この話を聞いたときの俺の気持ちがわかる？　俺と再会する前のエリアナにアンセルムがいてくれて良かったって、心の底から安堵《あんど》したんだから』

『おかしいわ。私はあなたの妹じゃないんだけど』

『妹みたいなものだよ。前世《むかし》から変わらない、俺の大切な家族で、ずっと一緒だ』

そんなことを優《やさ》しい眼差《まなざ》しで言われたって、エリアナはちっとも嬉《うれ》しくない。

『そんなことより、話の続きは？』

『ああ、そうだった。だからね、一緒に視察に行こう。そのついでにハンナの真意を突《つ》き止めたいから、協力してほしい』

それはハンナの真意を突き止めるついでに視察に行く、と言ったほうが正しいような気もするが。

『私が街に行くのは、反対なんじゃないの？』

『反対なんじゃなくて、不安なんだ。王宮の中ならまだいいよ？　でも外なんて広い世界に出るのに――君の騎士たちを信頼《しんらい》してないわけじゃないけど――誰《だれ》か他人に君の命を預けるのは恐《おそ》ろしくて嫌《いや》なんだ。それこそ君が修道院を訪問するときみたいに大勢の騎士で固めるならまだしも、そうできないときだってある。そのときが不安なんだよ。また前世みたいになるんじゃないかって……。けどその点、自分が一緒ならその不安も解消されるからね。アンセルムにも、なんとか許可はもらったから――』


「エリアナっ」

数日前のことを回想していたら、危《あや》うくすれ違《ちが》う男性とぶつかるところだった。すんでのところでアルバートが引き寄せてくれなかったら、確実にぶつかっていたことだろう。

結局あの提案のあとは、ユーインが暴れて大変だったのだ。

いや、ユーインが怒《おこ》るのは当然のことだった。アルバートの話はつまり、ユーイン一人ではその役目を果たせないと言っているようなものなのだから。

ただ、ユーインは知らなかったようだが、アルバートは優男風の見た目をしているものの、その実力は王宮警備隊の隊長を負かすほどである。

つまり、隊長クラス以上の実力を備えているということだ。

エリアナの兄であり、アルバートとは友人であるアンセルムは、もちろんそのことを知っていた。

そして前世からずっと一緒にいるエリアナは、言わずもがなである。

前世で騎士として活躍《かつやく》していたアルバートなのだから、事情を知っているエリアナからすれば何も不思議なことではない。

(まあ、ユーインはかなり悔《くや》しがってたけど。そしてアルバートは昔からなんでもできちゃうから、そういうところ、無自覚に相手の神経を逆撫《さかな》でしちゃうのよね……)

これも全《すべ》ては、一見して文官にしか見えないアルバートの見た目のせいである。

「エリアナ、考え事しながら歩くのは危ないよ。ほら、俺の腕《うで》を掴《つか》んで。それとも手を繋ぐ？」

エリアナは半目で彼を見上げた。

「えっ。なにその目」

「……なんでもないわ。やっぱりアルバートはアルバートねって思っただけよ」

「それって貶《けな》されてる⁉」

彼が自分を妹のように思っていることなんて、それこそ前世から知っていた。

が、いくらなんでも年相応の妹だと思っていた。今の扱《あつか》いはまるで五歳以下の子どもに対するものだ。

「はぁ……」

「今度はため息⁉　もしかして、俺が何かした？　したなら言って、直すから」

妹に嫌《きら》われたら生きていけない。そんな続きの言葉が聞こえてくるような落ち込みぶりだ。

実際、本物の妹に「お兄様なんて大っ嫌い！」と突きつけられたことがあるアルバートは、そのあとエリアナの部屋で延々と反省会をしていたので、やはりこれも妹扱いの内なのだ。

彼が殊更《ことさら》家族を大切にするのは、前世で血の繋がった家族に恵《めぐ》まれなかった反動だろう。

そして〝妹〟を溺愛するのは、前世で妹のようにかわいがっていた存在が、自分より先に死んでしまったせいだ。

ようは、エリアナのせいなのだ。

「ごめんなさい、少し意地悪をしすぎたわ。アルバートは何も悪くないから、直す必要なんてないわ」

そう言って、アルバートの腕に自分の腕を絡《から》める。

こういうときくらい、甘い誘惑《ゆうわく》に乗っても許されるのではないかと思った。

「ならいいんだけど……俺、意地悪されてたの？」

エリアナがしっかりと腕を組んだのを確認《かくにん》して、アルバートが歩き出す。

その歩幅《ほはば》はエリアナに合わせて狭《せま》かった。

見つめてくる眼差しは春の木漏《こも》れ日のように優しい。

周囲は恋人《こいびと》関係を疑うこの光景でも、二人は兄妹《きょうだい》でしかない。少なくとも、アルバートにとっては。

ここは蜂蜜《はちみつ》でできた沼《ぬま》だ、とエリアナは思った。

甘い甘い底なし沼。抜《ぬ》け出さないと自分が死ぬとわかっていても、その甘さが心地《ここち》よくて抜け出す気力すら奪《うば》われそうになる。

でも今世こそ抜け出すと決めたのだからと、エリアナは内心で気合を入れ直した。

やがて二人が辿《たど》り着いたのは、雲の形をかたどった看板がぶら下がっている、今女性に

人気だというカフェである。

アルバートが自ら仕入れた情報によると、ハンナはよくこの近くで馬車を降りるらしい。それから侍女《じじょ》だけを伴《ともな》って、街の中へと溶《と》け込んでいく。

そして居残り組の侍女やメイドたちがたまにお土産《みやげ》としてハンナからもらうのが、このカフェの焼き菓子《がし》とくれば、おおよその予測は立てられるというものだ。

だから今日は、エリアナも普段《ふだん》着ているドレスを脱《ぬ》ぎ捨てて、シンプルなワンピースに袖《そで》を通していた。いつも被《かぶ》っているボンネットは、今日はクローゼットの中に置いてきている。

「いらっしゃいませ。二名様ですか？」

「はい。できれば目立たない席をお願いできますか？」

アルバートが店員にそう言うと、瞬《まばた》きの間に彼の姿をさっと観察した店員が、にっこりと訳知り顔で頷《うなず》いた。

「ではこちらへどうぞ」

あれは完全に貴族のお忍《しの》びを疑った顔だった。

これは店員の勘《かん》が鋭《するど》いというよりは、アルバートの全身から溢《あふ》れる雅《みやび》やかな雰囲気《ふんいき》のせいだろう。とても前世が養護院出身だとは思えない。

心なしか女性客の視線がアルバートに集まっているような気がして、エリアナは組んでいた手に力を込めた。

「エリアナ、どう？　いる？」

こっそりと耳打ちされて、人の気も知らないで、と思ったのは秘密である。

「いないわ」

不審《ふしん》にならない程度に見回した店内には、目当ての人物はいない。

アルバートも見つけられなかったらしく、「やっぱり？」と首を傾《かし》げていた。

「今日はここじゃなかったのかな？　やっぱり屋敷《やしき》から尾行《びこう》すべきだった？」

「それは嫌われるからやめなさい。私でも嫌よ、知らない間に尾行されてるなんて」

「えっ」

「……え？」

席について早々、二人の間に微妙《びみょう》な空気が流れる。

目立たない席を希望したおかげで、二人は店の奥に案内された。店内はやはり人気店というだけあって混《こ》んではいたものの、みんな風通しのいいテラス席、または窓際《まどぎわ》の席を好むようで、だから奥の席はまだちらほらと空いていた。

「アルバート？　今の『えっ』はどういう意味？」

「い、いや～……でも前世《むかし》の話だし」

「エリク」

「ここで前世の名前を出すのは卑怯《ひきょう》じゃない⁉」

　構わずじっと見つめていたら、観念したらしいアルバートが口を開いた。

「前世でね。誓《ちか》って今はやってないんだけどね。リジーがほら、ルークとか仲の良かった騎士《きし》仲間と飲みに行くときは、その……心配デ尾《つ》ケテマシタ」

　エリアナは天井《てんじょう》を仰《あお》いだ。

「どうりで毎回あなたが迎《むか》えに来ると思ったら……。自分も近くで飲んでたなんて、嘘《うそ》だったのね」

「だって！　アルコールは人を大胆《だいたん》にするんだよ。何かあってからじゃ遅《おそ》いじゃないか」

「だったら一緒《いっしょ》に来れば良かったのに」

「それは……あの頃《ころ》の君は、たぶん俺を避《さ》けてただろ？　だから言えなかったんだ」

　アルバートが拗《す》ねたように小声で答える。

　あの頃と言われて、エリアナには思い当たる節があった。シルヴィアとアルバート《エリク》が恋仲になったばかりの頃のことだ。

　あのときは確かに、恋人になりたての二人に遠慮《えんりょ》した、という理由もあったけれど。一番は、もう他《ほか》の女性のものになってしまった彼を見たくなかったからである。そんな彼を想《おも》って泣く夜から、ただただ逃《に》げたかったからである。

　この男は自分のことには鈍感《どんかん》なくせに、どうして他人のことには気づいてしまうのだろう。

彼がこんな調子だから、前世の自分は結局最期《さいご》まで彼を忘れられなかったのだ。

「ほんと、恋人を放《ほう》って何やってるのよ、あなた」

「それは俺も思った。でもリジーだけはだめだ。大切な妹が狼《おおかみ》に喰《く》われたら、俺は相手も自分も許せない」

「……………そしてハンナも」

「やっぱり恋人ができたから!? だから家族にも内緒で出掛《でか》けてるってこと!?」

わっとアルバートが机に伏《ふ》せる。危ない。また性懲《しょうこ》りもなく、彼の言葉に惑《まど》わされるところだった。

実の妹と同じ扱いである時点で、エリアナは彼の妹枠《わく》から抜け出せていないというのに。

（この判断基準、便利ね）

あまり嬉《うれ》しくはないけれど。

「ハンナに恋人なんてまだ早いよ。将来はお兄様みたいな人と結婚《けっこん》するって言ってたのは嘘だったの？」

「アルバート、『みたいな』って言われてる時点で気づいて。ハンナは結構ちゃっかりしてるわよ」

少なくとも、シスコンの兄を手のひらで転がすことには長《た》けている。

「というより、仮にハンナに恋人ができていたとして、ここにデートに来るってことは」

「うん……相手は平民だろうね」

「前世の記憶《きおく》があるから私は特に思わないけど、侯爵《こうしゃく》と侯爵夫人が納得《なっとく》しないんじゃない？」

「そうかもしれない。でも、ハンナが本気で、相手も本気なら、俺は力を貸すよ。生涯《しょうがい》一緒にいたいと思える人と出逢《であ》えるのは、とても僥倖《ぎょうこう》なことだからね。ハンナには幸せになってほしいんだ」

「……そうね」

彼が急に真面目《まじめ》な顔をして言うから、エリアナの心は小さな痛みを訴《うった》えた。

（ねぇ、アルバート。それは、誰《だれ》を思い浮《う》かべて言ってるの？）

そんなこと、考えるまでもなくわかることだ。

彼が生涯、ずっと一緒にいたいと願う人なんて――。

「出逢えるだけでも幸運だけど、相手も自分と同じように想ってくれたら、それは奇跡《きせき》ね」

ぽろりと、意図せず言葉がこぼれ落ちた。本心だった。たとえ自分が一緒にいたいと思っても、相手もそうだとは限らないことをエリアナは知っている。

それこそ、自分のように。

「エリアナ？　それってまさか……」

「それで、どうするの？　お茶だけ注文してこの辺を捜《さが》す？」

アルバートに続きを言わせないよう、わざと彼を遮《さえぎ》った。

彼は少しだけ迷いを見せたが、こちらの意図を汲《く》んでくれるようだ。

彼が首を横に振《ふ》る。

「いや、せっかくだから楽しもうよ。女性に人気なカフェなら、たとえ空振《からぶ》りでもエリアナも楽しめると思ったから入ったんだ」

アルバートがメニュー表を広げる。そこには宝石のように美しいケーキの絵が載《の》っており、どれもおいしそうだった。一緒に載っている紅茶の銘柄《めいがら》の中には、王女であるエリアナもよく飲むものがある。

二人きりで外に出なければ、わからなかったこと。

「そうね。今日は視察も兼《か》ねてるんだものね」

だから、まるでデートみたいねとは、冗談《じょうだん》でも言えなかったエリアナである。


おいしいスイーツと紅茶を堪能《たんのう》したあとは、アルバートに連れられてこの街の中央広場にやってきた。

そこでは市場《マーケット》が催《もよお》されており、様々な種類のテント型店舗《てんぽ》が中央にある丸い噴水《ふんすい》を囲むようにして並んでいる。

祝祭日ではない今日は、人は疎《まば》らだった。

「ねぇアルバート。こんなところにハンナがいるの？」

「え？　あー、ここってこの街で一番大きい市場だから、観光スポットにもなってるみたいでね。他都市だけじゃなくて、他国の品物も豊富なんだよ。流行好きのハンナなら来そうじゃない？」

そう言われると確かにそんな気がした。

彼ら兄妹《きょうだい》は見た目は似ているのに、性格は全く似ていない。流行に敏感《びんかん》で派手なものが好きな妹と、そういったものには興味を示さない兄。

いや、アルバートの場合は、何に対してもほとんど関心を示さない。それは前世から変わらないが、エリアナはその理由を知っている。

何をやってもすぐにこなしてしまう彼は、夢中になれるほど何かにのめり込めないからだ。

そんなとき、彼はいつも空虚《くうきょ》な目で、夢中になっている他の子どもたちを眺《なが》めていた。

そんな孤独《こどく》な人だったから、一人にはさせられなかったのだ。

ただ彼には、笑っていてほしかったから——。

「見て見て、エリアナ。海でとれた魚も売ってるよ。昔一緒にとった川魚より全然大きいね」

前世と姿は変わっているのに、太陽が輝《かがや》くようなその笑い方は、今も昔も変わらない。

そんな彼が愛《いと》おしくて、エリアナもつられて笑った。

「本当ね。でも海だとこんなに大きな魚がとれるのね。全然知らなかったわ。調理前のものって初めて見るから」

「だと思った。他にもほら、あっちには南の国でしか栽培《さいばい》できない果物も売ってるんだ。見に行く？」

「ええ！」

アルバートは以前も来たことがあるようにエリアナを案内した。

今は何が旬《しゅん》でどんなものが売れているのか。また天候の違《ちが》いによってどんな影響《えいきょう》が農作物に降りかかっているのか。アルバートや店先にいる店員の話を聞いて、エリアナは新聞や座学だけでは知り得なかったことを学んでいく。

「すごいわ、アルバート！　私、前世は領地の外になんて出たことなかったし、今世もほとんど王宮の外に出たことがなかったから、自分の知らないことがたくさんあって驚《おどろ》いたわ。机の上ではわからないことって、たくさんあるのね」

いつのまにかハンナを捜すという目的も忘れて、エリアナは市場に夢中になっていた。

知らない食べ物。知らない工芸品。どんな思いでそれらが作られ、どうやってこの地にやってきたのか。

「でも、前世はアルバートも私と同じ境遇《きょうぐう》だったはずなのに、博識だったわね。今世で勉強したの？」

「まあね。これでも一応侯爵家の跡取《あとと》りだから、色々と勉強させてもらったよ。父上も自分の目で確かめたい側の人間だから、よく領地の視察にも連れて行ってもらったりね。そのたびに思ってたんだ。きっとエリアナも一緒《いっしょ》だったら、もっと楽しかったのにって」

そこでエリアナは、もしかして、と一つの可能性を頭の中に浮かべた。

「あ。ねぇ見て、エリアナ。これ、海で見つかるガラス片《へん》なんだけど、シーグラスって言うんだよ。シーグラスは波に揉《も》まれて角が取れたガラスのことでね、曇《くも》りガラスのような風合いが綺麗《きれい》だと思わない？　これで作るアクセサリーが人気みたいで、エリアナを連れて来られたら見せたいと思ってたんだ。君はこういう〝物〟の贈《おく》り物は受け取ってくれないからさ。良かった、今回も出品されてて」

ああ、やはりだ。浮かんだ一つの可能性が、確信になりつつある。

「俺たちは実際の〝海〟を知らないし、見に行くには少し遠いだろ？　俺はともかく、君はそう簡単に行けない。だからさ、その片鱗《へんりん》でも感じ取れるものを見せたら、きっと喜んでくれると思ったんだ」

アルバートがエリアナの顔を覗《のぞ》き込んでくる。

突然《とつぜん》のことに表情を作ることもできず、隠《かく》すこともできなかった。

彼がふっと笑う。

「うん。想像以上に喜んでくれて、俺も嬉《うれ》しいよ」

アルバートのグリーンスフェーンの瞳《ひとみ》には、顔を真っ赤にした自分が映っている。

この色を見てただ喜んでくれただけだと思い込む彼に、感謝すればいいのか、落胆《らくたん》すればいいのか。

でもこれで、可能性は確信に変わった。

彼の瞳から逃《のが》れるように、俯《うつむ》いて言う。

「ハンナのことは、嘘《うそ》だったの？」

「え？　ハンナ？　――あっ」

忘れてた、とその反応が語っていた。

「私が視察に行きたがってるから連れて行ってやってほしいって、お兄様に相談でもされた？」

彼が気まずそうに頰《ほほ》を掻《か》く。

「いや、相談はされてない、かな。視察に行きたがってるってことを雑談の中で聞いて……アンセルムはどちらかというと厳しい顔をしてたよ。でもハンナのことも嘘ではないんだ。本当に最近出掛《でか》けることが多くてさ。この辺りに来ているらしいってことも本当だよ。ただ今日は、最初にも言ったように、エリアナが最優先だった」

そういえば彼は、最初にこう言っていた。

——〝だからね、一緒に視察に行こう。そのついでにハンナの真意を突《つ》き止めたいから、協力してほしい〟

(なんだ)

エリアナが穿《うが》った解釈《かいしゃく》をしただけで、彼は本当にハンナのほうをついでにしていたのだ。でもじゃあ、どうして彼はまるで後ろめたいことでもしているような反応をしたのだろう。

エリアナのそんな疑問を感じ取ったのか、アルバートは視線を落としながら答える。

「だってエリアナは、俺がただ視察に行こうって誘《さそ》っても、きっと頷《うなず》いてはくれなかっただろ?」

ぎくりと心臓が跳《は》ねた。

「よくわからないけど、それこそカフェで話した〝あの頃《ころ》〟から、エリアナは俺と出掛けてくれなくなったから。ハンナを捜すっていう目的があるなら、まだ一緒に来てくれるかなって……思いました」

なぜ最後だけ敬語になったのかは、この際置いておこう。

叱《しか》られる直前の犬みたいに肩《かた》をしょんぼりとさせている彼を見ると、なんだかこちらが悪いことをしたように思えてくる。

（むしろ気を遣《つか》っただけなのにね）

そう、あの頃は、彼の恋人《こいびと》になったシルヴィアに気を遣った。

誰《だれ》だって自分の恋人と親しい異性は面白《おもしろ》くないものだ。

でもそれは、彼から家族を奪《うば》うことと同義だったのだと、今になって気づく。

「視察は、大丈夫《だいじょうぶ》よ」

「え？」

「視察なら、喜んでご一緒するわ」

「本当に？　いいの？」

だって今は、誰に気を遣う必要もない。

「ええ。視察はね」

大事なことだから三回も繰《く》り返した。

視察《しごと》なら、アルバートと一緒でも大丈夫だろう。勘違《かんちが》いしないストッパーがある。

けれどそれ以外では、彼と一緒には出掛けたくない。

エリアナは今世こそ彼への想《おも》いを断《た》ち切ると決めているのだ。また失恋《しつれん》の決まった人生なんて、誰も好き好んで歩みたいとは思わないだろう。エリアナとてそうだ。

そのために、彼との距離《きょり》は適度に保つ必要がある。

「私、もっともっと自分の国のことを知りたいわ。前世では知らずに終わったこと、もったいなかったなって、転生して初めて思ったの」

「うん、俺もだよ」

「だからまた、連れて行って、アルバート」

おそらくこの先、その機会は多くない。

エリアナもアルバートも、すでに結婚適齢期《けっこんてきれいき》に入っている。いつこの関係が崩《くず》れるとも知れない。

叶《かな》うかどうかわからない願いを胸に、エリアナは笑った。

願うことだけは自由だからと、そんな言い訳を心の中でしながら。

そのときアルバートが目を瞠《みは》っていただなんて、灰色の未来に思いを馳《は》せていたエリアナには、気づく由《よし》もなかったのだった。

第3話　彼は道化《どうけ》と踊《おど》る

アルバートが前世の記憶《きおく》を思い出したのは、物心がつくかつかないかという頃だった。あまりに幼かったせいで、アルバートは最初、己《おのれ》の中にある記憶をそうとは気づけなかった。

『しるヴぃ、どこにいるの？　りじー？　またかくれんぼでもしてるの？』

屋敷《やしき》を隈《くま》なく捜《さが》して、でもどこにもいない二人に、幼いアルバートは泣きそうになる。

『しるヴぃ、りじー……』

そんな息子《むすこ》に、両親はいつも困った顔をしていた。

『アルバートはいつも誰を捜しているのかしら。お母様に教えてくれる？』

『あのね、しるヴぃはね、ぼくが守らなきゃいけない女の子だよ。でね、りじーはね、ぼくにとって大切な子なんだ。ほかにもね、おんじんのきゃんべるさま、友だちのるーくも、さがしてるの』

『まあ、たくさんいるのね。でもどこでそんなに知り合ったの？』

努めて優《やさ》しく訊《たず》ねる母を見て、幼いアルバートは顔を曇らせた。母の瞳の中に困惑《こんわく》と戸《と》惑《まど》いを見つけたからだ。

『……えるゔぁいん』

『エルヴァイン？　どこかの地名かしら。でも、

『聞いたことないわね』

『エルヴァイン公国。幻《まぼろし》の公国と言われる、エルヴァイン公国。もう何百年も前に滅《ほろ》んだ、水の都だよ』

父の言葉に、アルバートは顔色を真っ青にさせた。

『ちちうえっ、ほろんだって、どーゆーこと!?』

『落ち着きなさい、アルバート。どうしておまえがエルヴァインを知っているのかは謎《なぞ》だが、もう昔の話だ。水資源が豊富で、まるで桃源郷《とうげんきょう》のように美しい街並みが多かったと聞くが、戦争に敗れて他国に吸収されたんだよ。だが戦争の爪痕《つめあと》が酷《ひど》くてね。確か元の景観を取り戻《もど》すことができず、やがて幻の公国と言われるようになったんだ』

『すごいわ、アルバート。まだ歴史の勉強もしていないのに、そんな国を知っているなんて』

感心する両親に見向きもせず、アルバートは絶望に打ち震《ふる》えていた。

まさかあの美しい故国が、優しい彼らが、もう二度と会えない存在になっていたなんて。

このときようやく、アルバートは全《すべ》ての記憶を取り戻した。

何者かに屋敷を襲撃《しゅうげき》され、その最中に兄妹《きょうだい》同然に育った存在を失い、愛する人を置いて

逝《い》ってしまったことを。

その記憶はあまりにも強烈《きょうれつ》で、幼いアルバートは熱に浮かされた。

特に、兄妹同然だった少女が自分の目の前で、自分の愛する人を庇《かば》って凶刃《きょうじん》に倒《たお》れた記憶を思い出してしまったとき、アルバートは耐《た》えられずに吐《は》いたほどだ。

それから三日間は、地獄《じごく》のような苦しみが続いた。

そして次に目を覚ましたとき、アルバートはすでに悟《さと》っていた。自分の中にある記憶は、決して誰とも共有できないもので、表に出すべきではないのだと。

今まで両親に心配をかけてきた分、アルバートはもう前世について口にすることはなくなり、侯爵《こうしゃく》家嫡男《ちゃくなん》としての使命を全《まっと》うするため勉強漬《づ》けの毎日を送った。

何かをしていなければおかしくなりそうだったということもある。誰とも共有できないのに、確かに自分の中に存在する記憶は、日に日にアルバートを苦しめていたから。

もうどうすることも叶わない、どうにもできない記憶。

なぜならあれは前世《むかし》の話で、人は時を遡《さかのぼ》れないからだ。

眠《ねむ》れない日々が続くなか、もしかしてこれはただの悪夢なんじゃないか、そう思うこともあった。そう思い込もうとしたこともあった。

それでも、蘇《よみがえ》る記憶の生々しさに、それはないと本能が訴《うった》える。

限界だった。疲《つか》れていた。一人で抱《かか》え込むには、あまりに重い記憶だった。

そんなときだ。自分が、このラドニア王国第一王女の婚約者候補になったと聞かされたのは。

(もう、どうでもいい)

最初に浮《う》かんだのは、そんな投げやりな気持ちだ。

それでも侯爵家の後継《こうけい》として、恥《は》ずかしくない振《ふ》る舞《ま》いを心がけようと顔には偽《いつわ》りの笑《え》みを貼《は》る。

案内された応接間に通されて、母と共に件《くだん》の王女を待った。

やがて扉《とびら》が開くと、まず王妃《おうひ》が入室してくる。少しだけつり目な王妃は、相手に気の強そうな印象を与《あた》える女性だった。王妃が入ってきただけで部屋の空気が緊張《きんちよう》し、アルバートも手に汗《あせ》が滲《にじ》む。

けれど、王妃に続いて姿を現した人物に、アルバートの頭は真っ白になった。

『リ、ジー?』

人に聞こえるか聞こえないかの、掠《かす》れた声。

信じられない思いで目の前に現れた王女を見つめる。

そんなはずはないと、理性は期待を抱《いだ》かないように否定するのに、自分の瞳《ひとみ》からは勝手に涙《なみだ》が零《こぼ》れ落ちていた。

(嘘《うそ》だ……嘘だっ。リジーのはずがない。だってそんな)

そんな、自分にとって奇跡《きせき》みたいなことが、今さら起こるなんて。

『リジー……？』

本当に奇跡が起こったならば、どうかこの声が届いてくれと願った。

でもやっぱり、届かなくていいとも思う。

だってそうでなければ、自分は王女との面会時に他《ほか》の女性の名前を呼ぶ無礼な男になり下がる。

前世で平民だったときとは違《ちが》い、今の自分は侯爵家の跡取《あとと》りだ。家名に泥《どろ》を塗《ぬ》るような真似《まね》をしていいはずがない。

(でも……っ)

それでも、捨てられない期待がある。会いたいと思っていた人がいる。

彼女はリジーだ。間違いない。前世で兄妹のように育った存在。これは理屈《りくつ》じゃない。

心がそうだと叫《さけ》んでいる。

やっと見つけた、大切な人。

このぐちゃぐちゃでどうしようもない思いをどうすればいいのかわからなくて、零れる涙を拭《ぬぐ》うこともできない。

母も王妃も、そんな自分を見て驚《おどろ》いているのがなんとなくわかる。

けれど、一番知りたいのは母たちの反応ではない。

背筋を伸《の》ばし、凛《りん》とした立ち姿があの頃《ころ》と変わらない、彼女の反応だ。

リジーならきっと、きっと、自分に気づいてくれるはず——。

『……ええ、久しぶりね。エリク』

そのときの感情を、アルバートは言葉にできない。

気づいたときには彼女を抱《だ》きしめていて、声を出して泣いていた。

遠慮《えんりょ》がちに抱き返されたとき、これが現実だとやっと実感できた。

結局この日、アルバートは母たちが強行に出るまで、エリアナを抱きしめて放さなかったのだった。


「——かさま。いらっしゃいますか、若様」

自室の執務《しつむ》机でうたた寝《ね》をしていたアルバートは、呼ばれて意識を浮上《ふじょう》させた。

夢との境が曖昧《あいまい》だ。一瞬《いっしゅん》、ここはどこかと考えて、すぐに王都にある侯爵家のタウンハウスだと思い出した。

目を擦《こす》り、どうぞと入室の許可を出す。

机の上には書類が散らばっていて、眠る前に仕事をしていたことも思い出した。

まだ侯爵家を継《つ》いでいないアルバートは、王宮の文官として出仕している。

それだけでなく、父から少しずつ侯爵としての仕事も教わっている。近い将来、立派に領地を治められるように。

「どうしたの、何かあった？」

「何かあったはこちらのセリフですよ、アルバート坊《ぼっ》ちゃん」

入ってくるなり渋面《じゅうめん》を作った侍従《じじゅう》のネイトは、机の上の惨状《さんじょう》を見てさらに眉《まゆ》を顰《ひそ》める。

彼の言いたいことが手に取るようにわかったアルバートは、思わず苦笑《くしょう》していた。

「ネイト、坊ちゃんはやめてくれるかい。もうそんな年じゃないよ」

「ではそう言われないよう、自己管理をしっかりなさってください。最近眠《ねむ》れていないんじゃないですか？」

「あー、まあ。でもよくわかったね？　特に体調にも出てないし、結構うまく隠《かく》せてたと思うんだけど。ほら俺、こう見えても次期侯爵だし？　色々考えさせられるっていうか」

「こう見えても何も、あなたほどその後継にふさわしい御方《おかた》はおりません。いったい何に悩《なや》んでいるんです？　そのせいで仕事も捗《はかど》っていないようですが」

さすが、昔は父の片腕《かたうで》を務めていた男である。ネイトは正しくアルバートの状態を把握《はあく》していた。

悩んでいる。ここ最近、ずっと。

それは、前世から付き合いのあるエリアナにも言えない——否《いな》、自分ですらよくわかっていない、漠然《ばくぜん》とした悩みだった。

漠然としているのだが、アルバートにとっては無視できないもの。

(最近、エリアナが変だ)

いや、これだと誤解を招く言い方だろう。正確には、エリアナへ向く自分の感情が変なのだ。

アルバートにとってエリアナとは、リジーという名の、前世の家族である。妹のように思っていて、それ以上でも以下でもない。

だからこそ、こんなことを考えた自分に戸惑《とまど》っている。

(エリアナも、いつかは結婚《けっこん》するのか、なんて……)

こんなことを思ってしまったのは、おそらく、ハンナ捜《さが》しという名目でエリアナを視察に連れ出したとき、彼女の物憂《ものう》げな表情を見てしまったからだろう。

——〝出逢《であ》えるだけでも幸運だけど、相手も自分と同じように想《おも》ってくれたら、それは奇跡ね〟

そのときは、生涯一緒《しょうがいいっしょ》にいたいと思う人と出逢える僥倖《ぎょうこう》について話していた。

エリアナは出逢えるだけでなく、相手も同じ想いであれば、それは奇跡だと口にした。

つまり。

（エリアナにはそう思う相手がいるってことだよね？　いや、あの様子だと、エリアナだけが？）

そんなまさか、と軽い衝撃《しょうげき》を受ける。

だってアルバートは、彼女のそれが――彼女の生涯一緒にいたいと思う相手が、自分だと思っていたのだ。アルバートのそれが彼女であるように。

そしてそれは彼女にも伝わっているものだと自惚《うぬぼ》れていた。だから前世で、彼女はずっとそばにいてくれたのだと思っていた。今世でも、だからこうしてそばにいてくれるのだと勘違《かんちが》いしていた。

エリアナのあの悲しげな様子を見て、今も勘違いできるほど馬鹿《ばか》ではない。

エリアナには自分以外に誰《だれ》かそう思う人がいて、それはエリアナだけの一方通行なのだという。

しかもその相手を、エリアナはもしかすると〝想って〟いる。

（家族ならずっと一緒だねって、そう言ってたのに）

エリアナもアルバートも、前世では本当の家族を知らない。親を知らない。孤独《こどく》に泣いていた夜、じゃあ私たちが家族になればいいんだ、と自分の孤独を押し殺して微笑《ほほえ》む彼女に、前世のアルバートは確かに救われた。

家族ならずっと一緒だねと抱きしめてくれた幼い彼女に、彼女の家族であり続けることを誓《ちか》った。

だから自分は、誰より彼女の兄で居続けなければならないのだ。

だというのに。

(エリアナが、あんな顔して笑うから)

また視察に連れて行ってと、彼女が最後に笑って言った。

どこか憂《うれ》いを帯びたそれを、アルバートは知らない。彼女があんな顔で笑うところを初めて見たと言ってもいい。

まるで少女が大人の女性になっていくような、あるいは決別を伝えるような、そんな、相手を置いていくような微笑みだった。

それがもどかしいと感じた。

「……ネイトはさ」

「はい?」

黙《だま》り込んでいたアルバートが突然《とつぜん》口を開いたため、ネイトの反応が若干《じゃっかん》遅《おく》れる。

「ずっと一緒にいたいと思う人って、いる?」

「藪《やぶ》から棒になんですか」

「いいから、いる?」

「そうですね。まあ、今目の前にいますけど」

「ええ。坊ちゃんはこのネイトが育てたようなものですからね。あなたの成長をいつまでも見守っていたいと思っていますよ」

「え、急にやめてよ。照れる」

「あなたが出した話題ですよね？」

「そうなんだけど、まさかそんな答えが返ってくるとは思わなかったから。でも嬉《うれ》しいね。ありがとう」

「別に礼を言われることではありません。それで、その質問の意図は？」

「あー、いや、たとえばだよ？　その人がさ、でもやっぱりずっと一緒にはいられないかもしれないとわかったら、どうする？」

「つまり？」

「結婚、とか？　ネイトは俺の結婚、祝福できる？」

「あなたは私をなんだと思っているんですか。できるに決まっているでしょう。それとも結婚式で大泣きしてほしいんですか？『坊ちゃん結婚しないで～！』と」

「うん、丁重《ていちょう》にお断りしたい」

想像したらなかなか悲惨《ひさん》な光景だった。

「私だってお断りですよ」

「俺？」

「だよね。いったんその話はやめよう。そうじゃなくて、なんて言えばいいのかな、言語化が難しいんだけど……ずっと一緒だと思っていた妹も、いつかは結婚するんだって突然理解しちゃって、素直《すなお》に喜べないみたいな？　いや、喜べないというか、モヤモヤするというか。あ、ちなみに妹って言っても、ハンナではないからね？」

「なるほど？　若様が悩んでいることは、ようはそういうことですか。なるほどなるほど。やはりあなたは、まだまだ坊《ぼっ》ちゃんですねぇ」

ネイトが意地悪く口角を上げた。ムッとする。もう二十二歳だというのに、子ども扱《あつか》いは心外だ。

けれど父とそう変わらない年齢《ねんれい》の侍従は、考えを改める気はないようである。楽しそうに続けた。

「はて、あなたをそんなふうに悩ませるのは、どこのご令嬢《れいじょう》ですかね？　坊ちゃんは立場上交友関係が広いですから、絞《しぼ》り込むのは大変そうです」

「だから、たとえばの話だよ。揶揄《からか》わないでくれる？　そもそもおまえが思うような話でもないからね」

「ああ、そうです。でもその中でやはり一番仲がよろしいのは、王女殿下《でんか》でしょうか」

ドキッと、恨《うら》めしいくらい心臓が反応してしまった。

常なら外面《そとづら》で感情を隠すアルバートも、自室にまでそれを持ち込んではいない。

「へぇ？」

「ネイト、出て行け」

「照れ隠しですか？」

どうやら本格的に主《あるじ》をいじるつもりらしい。ニヤついた笑《え》みが癪《しゃく》に障《さわ》る。

「いいから、揶揄うならこの書類を父上に届けてこい！」

「仕方ありませんね。では、これをどうぞ」

「？」

アルバートから書類を受け取ると、ネイトは物々交換《ぶつぶつこうかん》のように一通の手紙を差し出した。

薔薇《ばら》の封蠟《ふうろう》が視界に入る。

アルバートは奪《うば》うようにそれを受け取った。エリアナが使う封蠟だと知っていたからだ。

「旦那《だんな》様のおつかい途中《とちゅう》で託《たく》されたんです。実はあなたが眠《ねむ》れていないということも、王女殿下に言われて気づきましてね。紳士《しんし》としてあまり女性に心配をかけるものではありませんよ。それと、先ほどの話ですが——私はやはりあなたの幸せを願っておりますので、手遅《ておく》れにならないことを祈《いの》ってますよ、坊ちゃん？」

それだけ言い残して、ネイトは部屋を出て行った。

最後の「坊ちゃん」はやはり馬鹿にされたとしか思えないが、そんなことはどうでもよくなっている。

あの口ぶりからすると、エリアナに直接手紙を頼《たの》まれたのだろう。侯爵《こうしゃく》家の使用人に頼んだほうが飛脚《ひきゃく》よりも早く、確実にアルバートの手元に届くから。

ペーパーナイフで開封《かいふう》して、中から一枚の紙を取り出した。

さっと目を通す。余白が多い。簡潔な文を書くエリアナらしい手紙だ。

その筆跡《て》は凛《りん》とした美しさを持つ彼女にふさわしい、流麗《りゅうれい》なものである。

「……はは、さすがエリアナ。なんでバレたかなぁ」

きっと今の自分は、あまりに情けない顔をしているのだろう。眉尻《まゆじり》が下がっている自覚もあれば、喉《のど》の奥から熱いものが込み上がってくる感じも自覚している。

手紙には、数日以内に自分に会いに来るようにと書かれていた。

他人が読めば、なんてわがままな王女だと思うかもしれない。

でも実際は違う。彼女がアルバートを呼ぶのは、アルバートの疲労《ひろう》が溜《た》まりに溜まったときだけだ。

呼び出して、彼女は寝なさいと命令する。反論など許さぬように。

そうやって無理やりにでも休ませなければ、アルバートが自発的に休まないと知っているからだ。

「そっか。俺、エリアナに呼び出されるほど疲《つか》れてるんだなぁ」

人としてどうかとは思うけれど、アルバートは疲労や痛みに鈍《にぶ》いところがある。最初にエリアナに呼び出されたときは、本当に限界だったらしく、エリアナの目の前で倒《たお》れてしまったくらいだ。

今だってアルバートの感覚では、疲れている実感はない。確かに寝不足ではあるのだろうが、それを全く実感していない。

そんなことよりも、今は最近できた悩《なや》み事で頭はいっぱいだったから。

(明日《あした》、会いに行こうかな)

手紙を渡《わた》した翌日だから、エリアナも驚《おどろ》くだろう。

きっと驚いて、でもすぐに仕方ないわねと優《やさ》しく微笑《ほほえ》む彼女の姿が目に浮《う》かぶ。

そんなアルバートの表情も甘く解《ほど》けていたけれど、残念ながら本人は気づいていないのだった。

第4話　御伽噺《おとぎばなし》のようにはなれない

エリアナは今宵《こよい》、秋の夜にふさわしい深い赤色のドレスに身を包んでいた。

たっぷりと取った袖口《そでぐち》のドレープが華《はな》やかで、胸元《むなもと》は大きく開いたデザインだ。首には自分の瞳《ひとみ》に合わせたアメジストのネックレスを着けている。

昼の礼装と違《ちが》い、夜の礼装はある程度の露出《ろしゅつ》が礼儀《マナー》である。だからこの装《よそお》いは、今さら珍《めずら》しいものではない。なんなら他《ほか》の貴族令嬢だって、皆《みな》似たような格好をしている。

が、なぜかその今さら、それを咎《とが》める者がいた。

「エリアナ、なんか今日は、いつもより露出が多くない？」

「え？」

立食式のパーティー会場は多くの人で溢《あふ》れ返っている。国内貴族だけでなく、国外の王族や大使までもが参加しているからだろう。

なにせ今日は、ラドニア王国王太子の誕生日パーティーである。主役であるアンセルムはまだ登場していないものの、皆各々《おのおの》パーティーが始まるまでの歓談《かんだん》に興じていた。

エリアナもそうだ。

今までは互《たが》いに婚約者《こんやくしゃ》のいない身であったため、エリアナは兄王子と共に入場していた。けれど今回はエスコートできないと言われたので、先に弟王子のエスコートで会場入りしている次第《しだい》である。妹王女も見当たらないから、もしかすると今回は妹をエスコートするのかもしれない。

そうして、招かれた貴賓《きひん》らと挨拶《あいさつ》を交《か》わしていたところ、一段落ついたタイミングを狙《ねら》って声をかけてきたのがアルバートだった。

「いつもそんな感じだったっけ？」

「そうよ。だって特に変えてないもの。それに、これくらいの露出なら礼儀《マナー》の範囲《はんい》よ？ほら、人によっては大胆《だいたん》に背中を開けている人もいるでしょ？」

ちょうど横を通り過ぎた貴婦人を例に挙げてみるけれど、なぜかアルバートは納得《なっとく》のいかない顔をする。

また「そうだった？」とどこか不機嫌《ふきげん》そうに繰《く》り返した。

「もしかして、似合ってない？」

だとしたら、エリアナにとってこれほど落ち込むことはない。

好きな人に面と向かって言われたなら、今すぐ自室に戻《もど》ってドレスを脱《ぬ》ぎ捨てるだろう。

「まさか！　似合ってないなんて思ってないよ。ごめん、言い方が悪かった。そうじゃなくて、気づいてる？　さっきから男の不躾《ぶしつけ》な視線が、その、君に集まってるから」

少し言いづらそうに話すと、アルバートはエリアナを隠《かく》すように立ち位置を変えた。距離《きょり》が近づいて、彼の影《かげ》がエリアナにかかる。触《ふ》れられてもいないのに、不思議と彼の体温を感じた気がした。

否応《いやおう》なく鼓動《こどう》が音を立て始める。

「今夜は国外からも集まっていて、いつもより人が多いんだ。あまり隙《すき》を見せないで」

「そ、そうね。わかったわ」

「何かショールとか、羽織るものはないの？」

「残念ながらこれに合うものがないのよ」

「……今から着替《きが》えるとか」

「無理に決まってるじゃない」

「あー、だよね」

珍しく食い下がるアルバートに、小さく首を捻《ひね》る。

言ってはなんだが、本当に今さら、どうしたというのだろう。

エリアナにとってアルバートの指摘《してき》する視線なんて、今に始まったことではない。

エリアナは王女だ。王女とお近づきになりたいと思う貴族男性は、エリアナ自身の魅力《みりょく》に関係なく一定数いる。そんなこと、アルバートだってわからないはずがない。

となるとやはり、彼は遠回しに「似合ってない」と言っているのだろうか。貴族らしく、

婉曲的《えんきょく》に。

「ねぇ、アルバート。正直に言ってちょうだい。やっぱり似合ってないのね？」

「違うよっ。本当に違うんだ。ただ……」

エリアナが不安そうに訊《たず》ねたからだろうか。アルバートは少しだけ焦《あせ》りを滲《にじ》ませながら手を振《ふ》った。嘘《うそ》はついてなさそうだ。

そうなると、余計に彼の言動が不可解だった。

「ただその、なんというか、面白《おもしろ》くないというか。ほら、以前君と視察に出掛《でか》けたことがあっただろ？　それ以来、なんとなく君の結婚を意識するようになったんだよね。前世と違って君は王女だから、いつか必ず結婚はするのかって」

エリアナはすぐに返事ができなかった。だってそれは、全くもって予想外の言葉だったからだ。

勝手に期待することが標準仕様となっている恋《こい》する乙女《おとめ》の口は、そんなことを言われれば衝動的《しょうどう》に「どうして私の結婚が気になるの？」と訊《き》いてしまいそうになる。

（だめだめ。ちゃんと冷静になって。期待しちゃだめ。きっとこれも、いつもと同じよ）

エリアナは内心で深呼吸した。「期待しちゃだめ」と呪文《じゅもん》のように繰り返す。

だって、期待して痛い目を見るのは、いつもエリアナのほうだった。

だからいつもどおりの自分を装って。

「それは私がアルバートにとって妹みたいなものだからじゃない？　ほら、ハンナに恋人ができたかもって思ったときと、同じことよ」

そう予防線を張る。妹だから、という理由は、彼がよく使うものだ。

ちなみに、結局ハンナのお出掛けの理由は、恋人ができたからではなかったことが判明している。

彼女は今夜の主役であるアンセルムへの誕生日プレゼントを選ぶため、わざわざ街に足を運んでいたらしい。

ハンナにとってもアンセルムは兄のような存在だ。毎年プレゼントは贈《おく》っているが、どうせ高価な物は他の人間からもらえるだろうと思ったハンナは、今年はいつもと趣向《しゅこう》を変えて珍しい物を贈ろうと探し回っていたという。

それを聞いたアルバートは、感動して妹の頭を撫《な》で回していた。

「う〜ん、確かにそんな気もするけど、それだけじゃないような気もしてて……。なんだか胸の奥がモヤモヤするんだ。ハンナが結婚するって言ったら、こんなふうになるのかな」

「そんなの知らないわよ」

「苛々《いらいら》する？」

「するかもしれないわね。ほら昔、近所に住んでたおじさんが娘《むすめ》の結婚相手に怒鳴《どな》ってたように」

「ああ、あったね、そんなこと。そっか……。──ねぇ、エリアナ」

「なに？」

「あのさ、俺の勘違《かんちが》いだったらいいんだけど、もしかして君、好きな──」

そのときだった。

騎士《きし》の高らかな声が会場中に響《ひび》き渡った。今宵の主役であるアンセルムの名が告げられると、それまでぴたりと閉じていた王族用の扉《とびら》が開く。

話の途中《とちゅう》ではあったけれど、兄の登場にエリアナは心底安堵《あんど》していた。なぜなら、アルバートの話の続きに嫌《いや》な予感がしたからだ。

『もしかして君、好きな──』

──好きな人が、いるの？

そう続くような気がして、心臓が冷水を浴びせられたように縮む。

どうして彼がそんなことを訊いてくるのかと、背中は冷や汗《あせ》でびっしょりだ。

（まさか、バレたの？　その好きな人がアルバートだって）

だから話の導入として、あんなことを言い出したのか。

この想《おも》いはバレたらアウトだ。きっと妹としても彼のそばにいられなくなる。

でもそこで、はたと気づいたことがあった。気づいてしまえば、自嘲《じちょう》的な笑《え》みが勝手に漏《も》れていた。

(馬鹿《ばか》ね。前世と違って今世でバレたところで、離《はな》れるいい口実になるだけじゃない)

前世のように困ることは何もないのだ。

前世はシルヴィアという気を遣《つか》わなければならない相手がいたけれど、今世の彼女《ユーイン》に記《き》憶《おく》はない。

エリクの次に幸せになってほしいと願った恩人は、前世を忘れている。

だからどちらかというと、妹だと思っていた女に恋心を持たれていたと知る、アルバートが困惑《こんわく》するだけだろう。

エリアナはたぶん、それが怖《こわ》いのだ。恐《おそ》れている。

隠す必要のない想いを隠すのは、彼にこの想いを迷惑《めいわく》だと思われることが怖いからだ。

結局エリアナは、忘れたいと願っているくせに、自ら泥沼《どろぬま》に嵌《は》まったままでいる。

本当に、恋というものはままならない。

早くこの縁《えん》を断《た》ち切ってくれるなら、喜んで死神さえ受け入れるだろう。

しかし、その存在が意外と身近にいたことを、エリアナは壇上《だんじょう》に立った兄を見て悟《さと》った。

「本日は私、ラドニア王国王太子アンセルム・ミラーの誕生日パーティーにお集まりいただき、深く感謝申し上げる。皆《みな》それぞれ、心ゆくまでパーティーを楽しんでいってほしい。ただその前に、錚々《そうそう》たる顔ぶれが揃《そろ》う今宵《こよい》、皆に紹介《しょうかい》したい人がいる」

聞き慣れた兄の声が、会場中の視線を隣《となり》の令嬢《れいじょう》へと誘導《ゆうどう》した。

それを感じ取って、その令嬢が優雅《ゆうが》なカーテシーを披露《ひろう》する。

年はエリアナより一つ下。ミルクティー色のふわふわな髪《かみ》が印象的だ。

エリアナとは真逆の、守ってあげたくなる可愛《かわい》らしいタイプである。

事実、彼女は性格も愛らしい。動物をこよなく愛しており、その小柄《こがら》な身体《からだ》を動物まみれにしていたこともある。

なぜそんなことを知っているかと言えば、彼女——ヴァレンタイン伯爵《はくしやく》令嬢ソフィア・スペンサーは、妹王女の友人だからだ。

(そのソフィアが、お兄様の隣にいるということは)

つまり、決まったのだろう。ソフィアが王太子の正式な婚約者《こんやくしや》に。

なるほど、だから今夜は兄のエスコートがなく、妹の姿も見当たらなかったわけだ。妹は友人の支度《したく》に立ち会っていたに違いない。

(じゃあ、ついに……)

ごくりと喉《のど》を鳴らした。

「ここにいるヴァレンタイン伯爵令嬢を、私の正式な婚約者として迎《むか》えることとなった。この二つのめでたき日に、乾杯《かんぱい》」

乾杯！　重なる会場中のかけ声がやけに遠くに感じた。

エリアナ以外の人々は、ようやく決まった王太子の婚約者に安堵と喜びを口にしている。

隣にいるアルバートも、それは例外ではない。

「みんな驚《おどろ》いてるね。無理もないか、突然《とつぜん》の発表だから。アンセルムも、ある程度彼女と距離《きょり》を縮めるまではそっとしておいてほしいからって、ずっとお忍《しの》びで会ってたし」

当然のことのように話すアルバートに、エリアナは驚きを隠《かく》せなかった。

「知ってたの？」

「え？　何が？」

「だから、お兄様とソフィアのこと」

「それはもちろん……ってまさか、エリアナは知らなかったの？」

「知らないわ。ソフィアが婚約者候補だったのは知ってたけど、まさか今日、婚約発表があるなんて」

「ええ？　でもあいつ、エリアナにも事前に伝えるって……」

「それ、いつのこと？」

「三週間くらい前のことかな」

記憶を探《さぐ》る。そういえば、と思い当たる出来事があった。

話があると兄に呼ばれたけれど、なかなか二人の都合が合わなくてそのまま流れたことがあった。

「それにしても、今度こそうまくいくといいね」

アルバートがぽつりと呟《つぶや》く。

アンセルムは、一度婚約を破棄《はき》されている。理由は彼の寡黙《かもく》すぎるところが怖くて耐《た》えられなかった令嬢が、両親に泣きついたせいだった。本来であればそれで婚約が白紙になることはないけれど、事情を聞いたアンセルムが了承《りょうしょう》した経緯《けいい》がある。

アルバートはそれを知っているから、今度こそ、と言ったのだろう。エリアナも大いに同意する。

でもアンセルムの婚約は、エリアナにとってはまた別の意味を運んでくるものだ。

「エリアナ」

名前を呼ばれて振《ふ》り返る。そこには新しい婚約者を連れた兄の姿があった。

エリアナは内心の動揺《どうよう》を隠すと、完璧《かんぺき》なカーテシーで祝う。

「このたびはお誕生日おめでとうございます、お兄様。ならびにヴァレンタイン伯爵令嬢とのご婚約、心よりお祝い申し上げますわ」

「ありがとう。事前に言えなくて申し訳ない。その、怒《おこ》ってるか？」

周りからは恐れられているというのに、弟妹《ていまい》にはめっぽう弱いアンセルムだ。エリアナの機嫌《きげん》を窺《うかが》うような様子には、小さく吹《ふ》き出してしまった。

「いいえ。喜ばしいことですもの。驚きはしましたけど、怒ってなどおりません。ソフィアも、おめでとう」

「ありがとうございます、エリアナ様」

「それにしても、おまえたちは本当に仲がいいな。そろそろ離れてやらないと周りがかわいそうだぞ？」

そう言われて、エリアナとアルバートは周囲を見回した。確かに何人かがエリアナまたはアルバートに話しかけるタイミングを計っているようだった。

「私も無事、婚約者を見つけた。次はエリアナだな」

そう、次は、自分の番。

だからアンセルムと共に入場してきたソフィアを見て、エリアナは呆然《ぼうぜん》としたのだ。その意味するところを、自分に起きる影響《えいきょう》を、正しく理解していたから。

エリアナに婚約者がいなかったのは、婚約破棄された兄王子を気遣《きづか》ってのものだった。

じゃあその兄に、婚約者が見つかったら？　答えは簡単だ。

「ええ、わかってますわ。おそらくお父様なんかは、もうある程度目星をつけているのでしょう？」

「そのようだ。だが安心しなさい。ちゃんとおまえにふさわしい相手を選ぶよう、私からもお願いしておいたから」

「ふふ、ありがとうございます」

さすがシスコン。そこは抜《ぬ》かりないらしい。

待ち望んだ死神が、ようやく現れた。嬉《うれ》しいはずなのに、手放しに喜んでいない自分が嫌《いや》になる。

「じゃあ私たちは、他《ほか》にも挨拶《あいさつ》があるから」

「ええ。お二人の末永い幸せを願っておりますわ」

なんとか笑顔《えがお》を取り繕《つくろ》う。

二人を見送ると、我《われ》知らずため息が出た。

「婚約者……？」

隣にいるアルバートが、放心したように呟いた。

その彼を振り仰《あお》ぐ。

「婚約者って、エリアナの？」

「そうね」

「でもそんな話、全然聞いてないんだけど」

「だってまだ決まってすらいないもの」

「そうじゃなくて。アンセルムの婚約者が見つかったら、次はエリアナの番って話だよ。そりゃあエリアナもいつかは結婚すると思ったよ？　つい最近それを自覚したよ？　でもそれが、こんなに早いなんて……」

「早くはないわよ。むしろ遅《おそ》いくらいね」

「遅い？　エリアナはまだ十七だ」

「もう十七よ。それに、すぐ十八になるわ。前世とは感覚が違《ちが》うの」

「でもそんな……そもそも、俺の家にそんな話は来ていない。昔は候補に挙がってたのに」

それは当然だ。なにせエリアナ自身が外してほしいとお願いしたのだから。

「だってアルバートは――エリクは、シルヴィア様のものだもの。あなただけは絶対に選ばないから、安心して」

そう、彼だけは、何があっても選ばない。

二人の腐《くさ》りきった縁《えん》を断《た》ち切る存在が現れたなら、エリアナは受け入れると決めていた。

「っ、じゃあ君は、誰《だれ》と婚約――結婚するの？」

「それはまだわからないわよ。きっと明日《あした》にでも、お父様から候補者の方について聞くことになるとは思うけど」

「そう……そっか。いや、ごめん。頭ではわかってたんだけど、たぶん実感してなかったんだね。いざ現実になると思ったら、なぜか焦《あせ》って……って違う、何言ってるんだろ俺。本当にごめん、少し混乱してるみたいだ。ちょっと頭を冷やしてくるよ」

そう言うと、アルバートは会場の外へと出て行ってしまう。その背中を見つめながら、エリアナは胸元《むなもと》でぎゅっと手を握《にぎ》った。心臓がズキズキと痛い。

エリアナだって、心の痛みを無視できるなら、いつまでもアルバートのそばにいたかった。彼と一緒《いっしょ》に笑い合っていたかった。

けれど、もし。

もし彼が、シルヴィアを見つけてしまったら。

最初はその恐怖《きょうふ》から、彼と距離を置こうとした。

ユーインが彼女《シルヴィア》だと知ってからは、たとえユーインと結婚《けっこん》はできないとしても、いつまでも彼の心の中に居続ける彼女に、勝てるわけがないと感じてしまった。

他の女性《ひと》を想《おも》う彼の隣《となり》に、きっとエリアナは居続けられない。

いつかは必ず彼の心も欲しくなる。そのときに、嫉妬《しっと》に駆《か》られた醜《みにく》い自分を、アルバートにだけは見せたくなかった。

ようは逃《に》げたのである。もう、傷つくのは疲《つか》れたから。

「やっぱり、他国かしらね」

自嘲《じちょう》めいた笑みをこぼすと、エリアナはアルバートとは反対側へと歩き出したのだった。

パーティーが終わり、翌日。

予想どおり、エリアナは父王に呼び出されていた。

「楽にしなさい、エリアナ。今日は王としてではなく、父としておまえを呼んだのだから」

「はい、お父様」

言葉どおり、エリアナが呼ばれたのは国王の執務室《しつむ》ではなく、父の私室だった。本当は母も同席する予定だったらしいが、朝から体調を崩《くず》している。

「おまえも薄々《うすうす》感づいておろう。今日呼び出したのは他でもない、おまえの婚約者についてだ」

「ええ、心得ておりますわ」

「エリアナは、誰か好《す》いた相手はおるのか？」

意外な質問に、一瞬《いっしゅん》反応が遅《おく》れる。

「いいえ、おりません。私は王女として、お父様がお決めになった方の許《もと》へ嫁《とつ》ぐつもりです」

一国の王女としては完璧《かんぺき》な回答だ。ただ年頃《としごろ》の娘《むすめ》としては、なんとも悲しい答えだった。

父が寂《さび》しそうにまぶたを伏《ふ》せる。

「おまえは優秀《ゆうしゅう》な王女だ。妹姫《ひめ》と違って浮《う》いた話の一つもない。わがままも言わない。だからこそ、おまえが初めて余に言ったわがままは叶《かな》えてやりたいと思った。――本当にいいのだな？　オルドリッジ侯爵《こうしゃく》の息子《むすこ》を、候補から外して。今ならまだ間に合う。これが最後の機会だぞ」

父の目が問うている。——おまえは彼を好いておるのだろう？

でも、エリアナがその問いに肯定《こうてい》を示すことはない。

どれだけ心が痛いと泣いても、アルバートが好きだとは、愛してさえいるのだとは、絶対に口にしないと決めている。

この恋《こい》が叶わないのなら、せめて彼には、綺麗《きれい》なままの自分を覚えておいてほしかった。

嫉妬に振《ふ》り回される醜い女の部分なんて、大好きな彼には知られたくもない。

(ごめんなさい、お父様。私はあなたが期待するほど、強い人間にはなれなかった)

本当はこんなわがままぶら、許してもらえないかもしれなかったのだ。

それを叶えてくれるという父には、感謝してもしきれない。

「はい、外してくださいませ。ずっと兄のように慕《した》ってきたのですもの。今さら異性には見られませんわ」

自分でついた嘘《うそ》に、胸が苦しくなる。これでもう後戻《あともど》りはできない。

これでいい。これがいい。

エリアナのためにも。アルバートのためにも。

近くにいるからこんなにも拗《こじ》れてしまった。

「わかった。ではそのように取り計らおう。実はすでにいくつか目星をつけている。この中から、おまえの気に入った者を選ぶといい」

父が手で合図をすると、侍従《じじゅう》がプロフィールをテーブルに並べていく。

候補は五人いた。

そのうち二人は幼少の頃《ころ》にも名の挙がった国内貴族だ。エリアナの視線は二人を素通《すどお》りした。

次に隣国《りんごく》の第三王子。年はエリアナより下になるが、彼とは社交界で顔見知りになっている。だからこそ、彼はエリアナとアルバートの仲の良さも知っている。

三人目も目を滑《すべ》らせ、四人目を視界に入れる。

次は三人目と反対側のお隣の国から、公爵《こうしやく》子息がエントリーしていた。特に不可にする理由はない。見た目も、人となりも、アルバート以外なら同じに見える。

さすがに暴力夫は困るけれど、そんな男を父が選ぶとも思えなかった。

念のため、五人目も見ておいた。

すると、五人目だけは他と違い、このラドニア王国から遠く離《はな》れた国の王族だった。

どうやら第二王子のようで、年はエリアナより少し上。自国では珍《めずら》しい赤髪《あかがみ》を持っている。瞳《ひとみ》も燃え盛る炎《ほのお》のように真っ赤だった。

「お父様、一つお伺《うかが》いしてもよろしいですか？」

「なんだ？」

「この中の誰であっても、それは国益に繋《つな》がると考えていいのですよね？」

「ああ。それは間違いない」

「では、この方にします」

五人目を指差して、エリアナはきっぱりと言った。

父が珍しく渋《しぶ》い顔をする。

「さすがに決めるのが早くはないか？　まずは全員……いやせめて、まだ一度も会ったことのない者とは顔合わせをしてはどうかね？」

「必要ありませんわ。私は、この方がいいのです」

もう一度はっきりと伝える。理由は明快。その第二王子が、このラドニアから遠い異国にいる。政治的な意味合いを除けば、ただその一点のみだ。

これならば、なおさらアルバートとは会えなくなる。物理的な距離《きょり》が心の距離も作ってくれると信じたい。

「お父様、さっそくお手紙を書いてもよろしいでしょうか？　この方とお会いしたいわ」

いつになく性急な娘に、父は少しだけ面食《めんく》らっている。

けれど、娘の瞳が本気だと気づいた父は、短く「わかった」と答えたのだった。

第5話　拗《こじ》れた縁《えん》はかくも愚《おろ》かと

少し開けた窓の外から、鳥のさえずりが聞こえてくる。なんとも穏《おだ》やかな午後を思わせる音色だが、反してエリアナの部屋の中は剣呑《けんのん》な雰囲気《ふんいき》が流れていた。

「……アルバート、今日は何かしら？」

エリアナから冷めた声が出る。声だけでなく、ため息まで出てしまった。

あのパーティーの夜以降、どうしてかアルバートが毎日やって来るようになったからだ。

それまでの二日に一回の訪問でさえユーインからは咎《とが》められていたというのに、ついに一日一回を強行してきた。

「あー、えっと。今日はあれかな。外が寒いから、もう少し王宮《ここ》に残ってようかなって」

外は冬に向けて、すでに木々が衣《ころも》を替《か》えている。緑から赤、黄色、橙色《だいだいいろ》。季節によって変わるシーズンガーデンには、リンドウやポットマムなどの秋の花が咲《さ》いていた。

確かに、あながち嘘でもない。外はもう肌寒《はだざむ》い。

けれど。

「それ、昨日も一昨日《おととい》も言ってなかった？」

「昨日も一昨日も寒かったからね」

「というより、寒いから私のところに来るって、どういう理屈《りくつ》？」

「エリアナが風邪《かぜ》を引いてないか確認《かくにん》しないとだろ？」

「…………」

じと、と斜《なな》め前のソファに座るアルバートを睨《にら》む。それは別に毎日することではないと目で訴《うった》えた。

彼も苦しい言い訳だとわかっているのか、そっと視線を逸《そ》らしている。

エリアナは息を吐《は》くと、もう一度訊《たず》ねた。

「アルバート、本当にどうしたの？　何かあったんじゃないの？　だからこうして毎日会いに来るのよね？」

正直、彼の訪問はエリアナにとってはたまったものじゃない。せっかく彼と離れる準備をしているのだから。

今は婚約《こんやく》に向けて、アルバートとは徐々《じょじょ》に距離を置いていくつもりだった。けれど、恋する乙女心《おとめごころ》とは実に複雑なものらしい。毎日アルバートに会えることを喜んでしまう自分もいて、そんな自分に嫌気《いやけ》が差す。

「いや、何かがあったというよりは、これから何かがあるような気がして。予感、みたいな？」

「予感？　どんな？」

「エリアナが、いなくなるような」

ドキッと鼓動《こどう》が跳《は》ねる。まさか計画を見抜《みぬ》かれてしまったのかと、内心で焦《あせ》る。

気づかれないよう唾《つば》を呑《の》み込み、平静を装《よそお》うためにゆっくりと口を開いた。

「そんな、それじゃあまるで、私が死ぬみたいだわ」

言ったあとに、しまったと気づいた。冗談《じょうだん》にしてもこれはないと、エリアナ自身が思う。

思ったとおりアルバートはこれでもかと目を瞠《みは》っていて、この世の絶望でも目《ま》の当たりにしたような顔色になっていた。

「なに、今の」

エリアナはすぐに謝った。

「待って。ごめんなさい、今のは違《ちが》うの。今のは――」

「冗談だった？　だとしても残酷《ざんこく》だよ、エリアナ。自分が前世でどんな死に方をしたのか、まさか忘れたなんて言わないよね？　俺がどれほど後悔《こうかい》したか、君には伝えたじゃないか」

「ええ、聞いたわ。だから今のは私が無神経だった。ごめんなさい」

彼を落ち着かせるため、エリアナは彼の隣《となり》に移動した。

小刻みに震《ふる》えている彼の手を、宥《なだ》めるように握《にぎ》る。

「本当にごめんなさい。ごめんね、エリク」

「っ、謝るなら、もう二度と『死ぬ』なんて言葉は使わないって約束して。俺はもう、二度とあんな君は見たくない……っ」

「ええ、約束するわ。もちろんよ」

「君のほうが、ずっと一緒《いっしょ》だって、言ったのに……っ」

──ああ、トラウマを突《つ》いてしまった。

エリアナはそう思った。安心させるように彼の手を撫《な》でながら、やはりこの関係は歪《いびつ》だと考える。

前世を覚えていて、前世を断《た》ち切れず、前世に翻弄《ほんろう》されている。

だからこそ、早く終わらせなければならないのだ。

「……今度こそ、君を守るんだ」

彼がひとり言のように言う。

「大切な人たちは、今度こそみんな守るんだ。もう二度と、あんなことにならないように」

「ええ、わかってるわ。そのためにアルバートが、騎士《きし》になれなくても剣《けん》を握ったこと、私、知ってるもの」

「そうだよ。だから、お願いだから、二度と俺を置いていかないで、エリアナ」

消え入りそうなほど弱い声で名前を呼ばれる。

彼は本当にずるい。そんな声を出されたら、エリアナに拒絶《きょぜつ》なんてできるはずもない。

恋《こい》は曲者《くせもの》。惚《ほ》れたほうが負け。

そう言ったのは、いったい誰《だれ》だったのだろう。泣きたくなるくらい共感する。

でも自分を叱咤《しった》して、エリアナはせめて肯定《こうてい》だけは返さなかった。できもしない約束だけは、なんとしても呑み込んだ。

代わりに、彼のために、精一杯《せいいっぱい》の優《やさ》しい微笑《ほほえ》みを向ける。

「ねぇ。辛《つら》いことばかり思い出しても仕方ないわ。こういうときほど、楽しかったことを思い出さない？」

「……楽しかったこと？」

「そうよ。思い出は美しいって言葉があるでしょう？　じゃあ、美しいものにしないとね」

この空気を変えるために提案すると、アルバートが小さく笑ってくれた。

「ふふ、なにそれ。普通《ふつう》は順番が逆じゃない？」

「細かいことはいいのよ。適当って意外と大事なのよ？　アルバートはそうやって悩《なや》んでばかりいるから、良質な睡眠《すいみん》が取れないの」

「え、なんでわかるの」

「私を誰だと思ってるの？　手のかかる兄をもってウン十年よ。苦労してるわ」

「それは面目《めんぼく》ないです……。でも、自分じゃ限界がわからないんだよね。ある程度寝《ね》なくても平気なのは本当だし」

空気が完全に変わったことを感じて、エリアナは気づかれないよう胸を撫で下ろした。握っていた手を、不自然に思われないようそっと外す。

「違うわ。平気なんじゃなくて、アルバートのそれは、たぶん養護院時代の名残《なごり》よ。私はたまに眠気《ねむけ》に負けちゃってたけど、あなたはいつも一晩中子どもたちを見守っていたから」

エリアナの指摘《してき》にアルバートがきょとんとした。

それから過去に思いを馳《は》せるように、彼が顎《あご》に手を当てる。

「俺の睡眠時間が短いの、前世が関係してたの？」

どうやら気づいていなかったらしい。

「たぶんね。習慣づいちゃったせいだと思うわ。だってその頃《ころ》からだもの。あなたが短時間睡眠になったのは」

養護院には、まだ歩くこともままならない乳幼児もいた。彼らは夜中だろうと泣き出し、また寝ているときに突然《とつぜん》無呼吸になることもあった。

人手不足もあり、一度それで大騒《おおさわ》ぎが起きて以来、彼は自分の睡眠を後回しにして子どもたちを見守るようになったのだ。

リジーは、そんな彼が少しでも眠れるよう、たまにその役を代わっていた。

「そういうわけで、ただでさえ短い睡眠なのに、悩み事があるとさらに短くなるんだから、いい加減自覚してほしいわ」

今ではもうアルバート専用になっている毛布を持ってきて、エリアナは彼に手渡《てわた》した。

「自覚すれば、少しはあなたの睡眠も改善されるかしら？」

アルバートはなんとも言えない表情をして、受け取った毛布と共に窓際《まどぎわ》の三人掛《が》けソファへと移動する。そこが彼の仮眠中の定位置だからだ。

ソファに腰《こし》掛けて、彼は自分の身体《からだ》に毛布をかけた。

「俺、本当に鈍《にぶ》いんだね。全然気づかなかった」

「今さら？　あなたは自分のことに鈍いのよ。他《ほか》の子の体調不良はすぐに気づくのに」

「リジー《エリアナ》の体調不良なら誰よりも早く気づけるよ」

まったく、そういうことを嬉《うれ》しそうに言わないでほしい。

「違うわ。私が一番に気づくもの」

「え、それはずるくない？　本人だよ」

「あなたは自分のことに気づかないじゃない」

そう言うと、彼は「それもそうだ」と仄《ほの》かに笑った。

彼が横になる。

「ねぇ、他には？　子守歌《こもりうた》代わりに、もう少し昔話に花を咲《さ》かせたいな」

「そうねぇ。あ、ルークのことなんだけど」

「ルーク？」

ルークとは、シルヴィアの屋敷《やしき》で一緒に騎士として働いていた、同僚兼友人《どうりようけん》のことだ。

アルバートとは対照的に、寡黙《かもく》で何を考えているか摑《つか》めない男だった。

が、エリアナは存外、彼と共にいるのは苦痛ではなかった。口数は少なくとも、冷たい人ではなかったからだろう。

「訓練をさぼってたルークを、隊長命令で捜《さが》しに行ったときのことなんだけどね」

「ちょっと待って。あいつ何やってんの？」

「ルークはたまにそんな感じだったわよ。それでも強かったから悔《くや》しくて、よく挑戦《ちようせん》しに行ってたわね」

「リジーも何やってんの？」

「まあまあ。それでね、さぼってたルークを見つけたと思ったら、木の上からどこかを眺《なが》めてるから、何を見てるのか気になって視線を追ったの。なんとあなたがいたわ」

「なんで⁉　こわっ」

「無表情でじっと見つめてたの」

「うわ本気で怖《こわ》い！　なんでそんな話を子守歌代わりに選んだの⁉」

「で、私は訊《き》いたわ。『何してるの』って」

「ええ……続けなくていいよ」

「ルークは答えたわ。『あいつに本貸した』」

「あっ。そういえば俺、ルークに本借りてそのままだった。うわ、怒《おこ》ってた？」

「ルークって表情が変わらないからわからないわよ。とりあえずどんなタイトルか訊いたら、『これであなたも間《ま》違《ちが》えない！　よくわかる女心シリーズ第一巻』って」

「待って待って！　激しく誤解を招きそうなことをなんであいつは簡単に白状した⁉　違うんだよ、あれはね」

「……っふ、ええ、大丈夫《だいじょうぶ》よ。何も誤解なんて、ふふ、してないから」

「そんなふうに笑いを堪《こら》えられるのも嫌《いや》だけどね？」

「だって、エリクは奥手そうだからわかるけど、あのルークよ？　無口無表情のくせに、腹が立つくらいモテてたルークが、その本の持ち主って。実はモテてたのは勉強の賜物《たまもの》だったのかしらって……啞然《あぜん》からの大笑いよ」

「やめてあげて。同じ男として同情するから。じゃなくて！　奥手認定《にんてい》されてるのも気になるけど、それより、やっぱり勘違《かんちが》いしてる。それはシルヴィのためじゃないんだよ……」

「そうなの？」

　あのときは二人が恋人になったばかりだったから、てっきりそうなのだと思っていたけれど。

「だから、前にも言っただろ？　ちょうどあの頃、エリアナ――リジーが俺を避《さ》けてるような気がして、原因を探《さぐ》ろうと思ったんだ。そんなときにルークの部屋でそれを見つけたから、ほとんど勢いで借りたんだよね」

しーん、と部屋の中に沈黙《ちんもく》が落ちる。

彼は、当時のリジーがそのタイトルを聞いて、心に傷を負ったことなど知らない。

そんな本を読むほど一生懸命《いっしょうけんめい》恋をしているのだと思って、あのとき無理にでも笑うしかなかったリジーを知らない。

なのにそれが、本当は自分のためだった？　そんなの――。

「チェンジ」

「え？」

「話題チェンジよ」

「自分から振《ふ》っといて？」

それでも、今のエリアナにそういう話は毒である。過剰《かじょう》反応しそうな顔を必死に背《そむ》けた。

「じゃあお返しに、今度は俺が面白《おもしろ》い話をしてあげようかな」

「……なんだか嫌な予感がするから、もう寝たら？」

「あれはまだ院《ホーム》にいた頃のこと」

華麗《かれい》に無視される。

「突然リジーが院の屋根に上って、騒《さわ》ぎになったんだよね。あのとき俺は心臓が止まるかと思った。なにせリジーは、鳥の足を摑んで空を飛ぼうとしてたんだから。みんなが必死に止めるのに、飛んできた鳥に向かって一直線にジャンプしたんだ。惚《ほ》れ惚《ぼ》れするほどの大ジャンプだった。で、リジーは摑み損《そこ》ねて落ちた」

「やめて。それは面白い話じゃなくて黒歴史よ」

確かにそんなこともあった。そのあとシスターにはこっぴどく怒られた記憶《きおく》まで残っている。

「俺、死ぬ気で受け止めたなぁ。いくらリジーがお転婆《てんば》だったとしても、あれはないと思わない？　しかも摑めなかったって、リジーは大泣きするし」

「本人に同意を求めないでくれる？　あのときは子どもだったのよ」

「でもさ、あとでどうしてあんなことしたのか理由を聞いたら、泣き疲《つか》れて眠そうにしながら教えてくれたよね。覚えてる？」

理由？　そういえば、あのときの記憶はシスターの怒り顔がほとんどで、どうして自分がそんなことをしたのか曖昧《あいまい》だ。でもまあ、どうせ子どもらしい好奇心《こうきしん》のせいだろう。

と、思っていたら。

「しゃくり上げながら、たどたどしく言ったんだよ。『空を飛べたら、エリクのお父さんとお母さんを捜《さが》しに行けるから』って。俺それ聞いて、二度と親の話はしないって決めたんだ。だって――」

アルバートが目を細める。蕩《とろ》けるように優《やさ》しい眼差《まなざ》しだった。

「だって、覚えてもない両親より、リジーのほうが大切だったから。……懐《なつ》かしいなぁ。今とは全然違う生《お》い立ちだったけど、君がいたから幸せだった」

ああ、もう。やっぱり彼はずるい。

そのひと言で、その眼差しだけで、こんなにも簡単にエリアナの心を引き止めようとする。

言われて思い出したのは、あの頃《ころ》リジーが彼に伝えたかった思いだ。

自分のことより院の子どもたちを優先してしまうほど優しい彼に、何かしてあげたかった。

街で楽しそうな家族連れを見かけるたび、無意識にその光景を眺め続ける寂《さび》しがり屋の彼に、とっておきのプレゼントをしてあげたかった。

広々としたあの大空を飛べたなら、きっと彼の両親も見つけられるはずだと、幼心に思った記憶が蘇《よみがえ》る。

いや、むしろ幼かったからこそ、そんな不可能さえできると思えた。

でも、リジーがいたから幸せだったなんてそんな言葉、聞きたくなかったと唇《くちびる》を噛《か》む。

こんな話をされるくらいなら、思い出話に花なんて咲かせるんじゃなかった。

エリアナは近くにあったクッションを掴むと、呑気《のんき》にソファで横になっているアルバートに押しつける。

「え、なに？」

「クッションよ。雑談は終わり。いい加減寝《ね》なさい」

「いや、クッションはわかるけど……突然《とつぜん》だね？」

「子守歌《こもりうた》はもう十分でしょ？　ほら、これを抱《だ》きしめてれば寂しくないから」

「それどういう意味？　エリアナは俺を何歳《いくつ》だと思ってるの？　返答次第《しだい》ではリジーのお転婆譚《たん》をまだまだ語ることも辞さないけど」

「だから終わりだってば！　恥《は》ずかしいの！」

そう言って誤魔化《ごまか》せば、アルバートが屈託《くったく》なく笑った。

「仕方ないな。じゃあ、続きはまた今度ね」

おやすみ、と呟《つぶや》いて彼が素直《すなお》に目を瞑《つぶ》る。どうやらクッションは抱いたまま眠《ねむ》るらしい。

エリアナは、なんとはなしにそんな彼の寝顔を見つめた。エリクだった頃よりもあどけなさの抜《ぬ》けた、大人の男の顔がそこにある。

なのに、無防備に眠る姿はかわいくもあって。

社交界ではその端整《たんせい》な顔立ちから人気を集めているが、彼を顔で選ぶような女性には引っかからないでほしいと、眠る彼に願う。

彼なら大丈夫だろうとは思うけれど、何かあっても、エリアナはもう助けてはあげられないのだから。

(でも、大丈夫よ。今世のあなたには家族がいる。あなた自身が、家族をつくることもできるんだから)

おやすみなさいと、この静寂《せいじゃく》を壊《こわ》さぬように呟く。

エリアナがアルバートから離《はな》れると、足音を立てずに侍女《じじょ》のアデルが近寄ってきた。その手には読みかけの本があり、エリアナはいつものようにそれを受け取る。

部屋には自分とアルバートと、アデルだけ。

彼女だけが、前世の記憶を持つエリアナとアルバートのヘンテコな関係を知っている。だから事情を知る彼女に控《ひか》えてもらうことで、二人の名誉《めいよ》を守りつつ、気兼《きが》ねなく前世の話もできるのだ。

エリアナは暖炉《だんろ》のそばにあるお気に入りのクロムグリーン色のソファに腰掛《こしか》けると、分厚い本をそっと開いたのだった。

その、二週間後。

エリアナが遠国にいる婚約者《こんやくしゃ》候補に向けて書いた手紙に、返事が来た。

「アデル」

「はい、姫様《ひめさま》」

「すぐにお父様に使いを送ってちょうだい。行くわよ、ファルシュ王国に！」

椅子《いす》から立ち上がる。扉《とびら》続きになっている寝室《しんしつ》に向かうと、さっそくエリアナは着替《きが》えを始めた。

テーブルに残された手紙には、ただ、ひと言だけ。

〝あなたの訪問を心よりお待ち申し上げる。

ファルシュ王国第二王子

アズラク・ドラグニア〟

第6話　望まぬ願いを叶《かな》えるために

エリアナは宮殿《きゅうでん》から望む絶景に、忘我のひとときを楽しんでいた。

白壁《しらかべ》で統一された、王都イル・カバナ。

迷路《めいろ》のように路地は細く、入り組んだ街並みはいっそ壮観《そうかん》だ。自国とは似ても似つかない、これぞまさに異国という佇《たたず》まい。

エリアナは今、ラドニア王国から遠く離れたファルシュ王国という砂漠《さばく》国家にやって来ている。

ラドニアよりも日差しが強いと聞いていたとおり、肌《はだ》を露出《ろしゅつ》しようものなら容赦《ようしゃ》なく日差しが肌を刺《さ》す。焼くなんて生易しいレベルではない。

が、それでもファルシュ人に言わせれば、今の時季はそこまで強い日差しではないらしい。それどころか、一年を通して見れば過ごしやすい季節なのだとか。

ラドニアの涼《すず》しい秋を知っているエリアナにとっては、日差しは十分強く、ラドニアの真夏と同じくらいの暑さを感じているため、信じられない思いである。

初めて触《ふ》れる遠い異国の環境《かんきょう》は、まだまだ馴染《なじ》めそうになかった。

（でも、全然ラドニアとは景観が違《ちが》うから、それは見ていて飽《あ》きないのよね）

遠くのほうに見える砂色に、手前に見える白い家々。

空はからっと晴れていて、宇宙にまで届きそうな澄《す》んだ紺碧《こんぺき》。

そのコントラストは、この国に来なければお目にかかれなかったものだろう。

（世界って本当に広いのね。ここで食べた料理も初めてのものばかりで、最初は戸惑《とまど》ったけど、どれもおいしかったわ。どうせならアルバートにも――）

食べてもらいたいな、と思いかけて、慌《あわ》てて思考にストップをかける。アルバートのことを考えている場合ではない。

エリアナが遠いファルシュにやって来たのは、まさに彼を諦《あきら》めるためなのだから。

表向きは、ラドニア王国第一王女の、知識と見聞を広めるため。

しかし実際は、ラドニア王国第一王女の、婚約者を決めるための訪問だ。

何も知らないファルシュの人々は、笑顔《えがお》でエリアナを迎《むか》え入れてくれた。

（私の拙《つたな》いファルシュ語も、嫌《いや》な顔一つせず受け入れてくれたし）

明るく快活な国民性なのだろう。他国の王女にも気さくに話しかけてくれる人々に、エリアナは心を和《なご》ませた。

天候こそ慣れないものの、ここの人々の気質を気に入ったエリアナは、ますますこの国に嫁《とつ》ぐ気持ちを固めていく。

「姫様」

アデルに呼ばれて振《ふ》り返る。

「そろそろ中にお入りください。姫様の玉の肌が焼けてしまいます」

真顔で促《うなが》され、エリアナは苦笑《くしょう》した。

本当はもう少しぼーっと街を眺《なが》めていたかったが、エリアナのためにずっと日傘《ひがさ》を差してくれているのはアデルだ。これ以上は申し訳なさが募《つの》る。

「そうね。そろそろ彼もやって来る頃だし、中に戻《もど》りましょう」

そのとき、タイミングを見計らったように部屋の扉がノックされた。

顔を出したのは、このファルシュ王国の第二王子アズラクだ。

「また見てたのか」

どこか呆《あき》れるような、けれど仕方ないなと言わんばかりの微笑《びしょう》を浮《う》かべられる。

アズラクは多くのファルシュ人がそうであるように、肌は健康的に焼けている。彫《ほ》りが深く、精悍《せいかん》という言葉が最も似合う風貌《ふうぼう》だ。

太陽が身近なこの国にふさわしい、燃えるような赤色の髪《かみ》と瞳《ひとみ》。

この国の美の基準などわからないエリアナでも、彼が女性に人気だろうことは容易に想像できてしまう。

事実、この国にやってきて早数週間。宮殿内にいる女性陣《じん》から熱い視線を送られているところを、エリアナは幾度《いくど》となく目撃《もくげき》している。

「またとは何よ。何度見ても飽きないのだからいいでしょう?」

「気に入ってもらえたのは嬉《うれ》しいが、俺が心配しているのはおまえの身体《からだ》だ。慣れない日差しに当たりすぎると立ちくらみを起こすぞ」

とても知り合って数週間とは思えないほど、二人は砕《くだ》けた調子で会話を交《か》わす。

周りはそんな二人の急接近に、最初は戸惑いを隠《かく》せていなかった。

しかし、今では慣れたものだ。互《たが》いが互いを「エリアナ」「アズラク」と呼び捨てても、顔色一つ変えない。

いや、裏ではそんな二人について、めくるめく妄想《もうそう》が飛び交っているらしいけれど。

「そうね、気をつけるわ。心配してくれてありがとう」

「気にするな。ところで――」

アズラクが自身の騎士《きし》に目配せした。さがれ、と伝えたらしい。

心得たように部屋から出て行こうとする彼らを見て、エリアナも自分に付けられたファルシュの侍女たちを同じように退出させた。

残ったのは、エリアナとアズラク、そして事情を知るアデルだけだ。

今回の訪問では、エリアナはアデルと数名の騎士しか国から連れて来なかった。兄の反対を押し切っただけでなく、ユーインでさえ、エリアナは伴《ともな》わなかった。

「はぁ、やっと二人になれた」

まだアデルがいるが、彼女はいつも空気と化しているため、アズラクもそう扱《あつか》うように決めたようだ。

彼は色鮮《いろあざ》やかなターコイズブルーのソファにどかりと腰掛けると、背もたれに深くもたれかかる。

ファルシュは外装こそシンプルで白色ばかりだが、内装は驚《おどろ》くほど色鮮やかだ。それがこの国の特徴《とくちょう》らしい。

エリアナは彼の向かい側にあるソファに腰掛けて、アデルにもてなしの準備を命じてからアズラクと向かい合う。

「なんだかお疲《つか》れのようね。優雅《ゆうが》にお茶会しかしていないのが申し訳なく感じるわ」

「いや、その〝お茶会〟が女性にとっては戦場なんだろう？　そんなのばかりさせて、こっちこそ悪いな」

「あら。今世のあなたも女性のことには詳《くわ》しいのね？」

「揶揄《からか》うな。今世は妹がいるから詳しいだけだ」

エリアナがくすくすと笑うと、アズラクが少しだけ眉根《まゆね》を上げる。

「ふふ。本当にあなたは……昔よりも随分《ずいぶん》と感情表現が豊かになったわね」

「おまえは、昔よりもずっと意地が悪くなった」

「まあ」

またくすりと笑ってしまう。

失礼なことを言われているけれど、それが目の前の男なら気にならない。

なぜなら彼は――否《いな》、彼も。エリアナと同じ、前世の記憶《きおく》を持っているからだ。

そして彼の前世は、リジーとエリクの友人だった、同じ騎士のルークである。

「ルークはいつも無口無表情で、たまに何を考えているかわからなかったけど……じゃあ昔は私のこと、少しは良く思ってくれていたのかしら」

「……まあな。大切な友人だと思ってた」

「今は？」

「同じだよ。なんだかんだ、おまえは変わらない」

「あなたもね」

どちらからともなく微笑み合う。

二人が知り合って間もなく打ち解けたのは、前世のことがあったからだ。

例に漏《も》れず、二人は出会った瞬間《しゅんかん》に理解した。

彼は、彼女は、前世の友人だと。

思いきって記憶があるかどうか訊《たず》ねたのは、エリアナのほうだった。

「でもまさかこんな遠いところに転生しているなんて思わないわよ、普通《ふつう》は」

「それを言うなら、リジーもエリクも、さらにはシルヴィア様まで転生しているなんて思ってもみなかったさ、俺は」

「そうね。改めて考えるとすごいわよね」

「全くだ。これが関係しているかはわからないが……覚えてるか？　前世で俺たちが住んでた国に、昔から伝わる神話があっただろ」

「それは、ええ、うろ覚えだけど、一応覚えてるわ。でもそれがどうかした？」

「いや、自分が転生してるって気づいて、俺は真っ先にその神話を思い出したからさ。前世では〝カミサマ〟なんてもんは信じてなかったし、正直今世でも信じてるわけじゃないが、もしかしてあの神話は本物だったんじゃないかって、少し思ってな」

言われて、エリアナはアズラクの言う国に伝わっていた神話を思い出す。

どこの国にもあるような、国の創造に関《かか》わる物語だったと記憶している。

そうだ。そしてその中に、転生にまつわる話もあったはずだ。

「どうして忘れてたのかしら。私も、死ぬ間際《まぎわ》に同じものを思い浮かべたわ。このまま死んだら私も転生するのかなって。確かに思ったけど……でもまさか、本当に神話が？」

「さあな。ただもしそうだったらすごいよなってだけの話だ」

なるほど、確かにアズラクの言うとおり、もし本当にそうだったならとても夢のある話だろう。すごい話でもある。

でもだったら、エリアナは少しだけ不満に思った。

「それなら、いっそのこと記憶もなくして転生させてほしかったわ」

「ああ、それは俺もわかる。同感だ」

二人揃《そろ》って首を縦に振る。

だって記憶がなければ、エリアナはこんな面倒《めんどう》なことをする必要も、また恋《こい》に苦しむ必要もなかったのだから。

ただ、逆に幸いだったのは、婚約《こんやく》を結ぼうとしているファルシュ王国の第二王子が前世の友人だったことだろう。これなら何も知らない相手に嫁ぐより、断然抵抗《ていこう》が少ない。

会話の邪魔《じゃま》をしないよう、アデルが無駄《むだ》なくテーブルに紅茶と菓子《かし》をセットしていく。

「ま、どちらにしろそれがなんだって話でもあるけどな。——さて、じゃあ雑談と昔話はこれくらいにして、そろそろ本題に入るか」

「そうね。こちらの目的と条件は先日話したとおりよ。私を受け入れることは、ファルシュ王国としても利益があると思うんだけど、どう？」

「それは否定しない」

アズラクが湯気の立つカップを持ち上げた。

それをもどかしい思いで眺《なが》めながら、エリアナは彼が紅茶を飲み終えるのを静かに待つ。

エリアナがファルシュを訪問したのは、何度も言うが、婚約の打診《だしん》のためだ。

遠い異国であるために、手紙で何度もやりとりしていては時間がかかると考えたエリアナは、さっさと目的の人物に会って婚約にこぎつけようと奔走《ほんそう》した。エリアナから手紙を出し、返事が来た一ヶ月後にこうしてファルシュの地を踏《ふ》んでいるのも、全《すべ》てはなるべく速く事を進めるため。

そのためには、いかに自分の価値を提示できるかが鍵《かぎ》となってくる。

カチャ、とアズラクがやっとカップを置いた。

「エリアナの言いたいことは理解した。おまえの価値も理解した。だが、おまえの本音を聞いていない」

予想外の返答に、エリアナは目を見開いた。

心臓が飛び跳《は》ねそうになったのは、ただの気のせいだろう。決して痛いところを突《つ》かれたからではない。

「本音なんて……王族の婚姻《こんいん》には必要ない。そうでしょう？」

それはアズラクだって解《わか》っているはずだ。

王侯《おうこう》貴族に政略結婚は付きものである。昔より恋愛《れんあい》結婚が目立つようになってきた御時《ごじ》世《せい》とはいえ、エリアナは今回、それを求めてはいない。

「今はそういう理屈《りくつ》は聞いていない。そうではなく——エリクも、ここに生まれ変わって、いるんだろう？」

じわりと、背中に汗《あせ》が滲《にじ》んだ。

これまでの会話から、アズラクの頭の回転が悪いとは思えない。

だからこそ、すでに伝えたはずの事実をあえて確認《かくにん》されたことに、嫌《いや》な予感がした。

「生まれ変わってるからなに？　この婚約にアルバートは関係ないわ」

「ある。まさか俺が気づいていないとでも？」

動揺《どうよう》を悟《さと》られないよう、彼から視線を外す。

しかしそれを憐《あわ》れむように、アズラクは穏《おだ》やかな声で言った。

「おまえは、今でもエリクが好きなんだろ？」

ガツン、と頭を殴《なぐ》られたような衝撃《しょうげき》だった。

いや、実際に頭を殴られて、そのまま気絶できたらまだマシだったのだろう。

「嫌だわ、アズラク。何を言い出すの？　あなたでも冗談《じょうだん》を言うのね」

努めて明るく振《ふ》る舞《ま》う。

手に掻《か》いた汗は、ドレスを握《にぎ》りしめてやり過ごした。

「とぼけなくていい。隠《かく》さなくてもいい。とっくに気づいていた」

「…………」

「おまえは最初から最期まで、ずっとエリクだけを想《おも》っていたな」

違《ちが》うか？　と真っ直《す》ぐな瞳《ひとみ》に搦《から》めとられる。まるで逃《に》げ場を塞《ふさ》がれている気分だ。

前世でも今世でも、誰《だれ》にも打ち明けたことのない想いを、まさかこんなところで暴《あば》かれるとは露《つゆ》ほども思っていなかった。

アズラクは困ったように眉根を寄せている。

「そんな怯《おび》えたような顔をするな。もちろん誰にも言っていないし、これから言うこともない。ただ俺は、おまえの本音を知りたいだけだ」

「私の、本音？」

「ああ。でないと、俺もおまえとどう接していいのか悩《なや》む。すでに国内ではラドニアの第一王女は俺にぞっこんだという噂《うわさ》が広まっている。その噂につけ込むように口説いていいのか、それとも、友人としての距離《きょり》を保ったほうがいいのか。知りたい」

「く、口説く⁉」

到底《とうてい》ルークから出るはずのない言葉に、エリアナはぎょっとした。

友人兼同僚《けんどうりょう》のルークという男は、口数が少なく感情に乏《とぼ》しかったけれど、女性からは不思議と人気だった。

落ち着いているところが大人っぽくていい、とは同じ屋敷《やしき》で働いていたメイドたちの言である。物は言い様だとリジー《リジー》は思ったものだ。

だから、その言葉がエリアナに向けてのものでなければ、エリアナとてここまで仰天《ぎょうてん》はしなかった。

というのも。

「なんだ、意外そうな顔をして」

「それはそうでしょっ。だってあのルークよ？　私のことは鬱陶《うっとう》しい小猿《こざる》程度に思ってるんだと思ってたわ。実際そう言われたこともあったし。それにあなた、私が模擬《もぎ》試合を申し込むたびにため息ついてたじゃない」

「当たり前だ。小猿じゃ相手にならないんだから」

「これでも同僚の中で勝てなかったのは、あなたと他《ほか》数人の騎士《きし》だけだったけどね。とにかく、今世ではその小猿も口説けるようになったの？」

訊ねながら、エリアナは前世の記憶《きおく》を掘《ほ》り起こした。

無口で無表情。愛想《あいそ》の欠片《かけら》もない男。それがルークという男だった。

なのになぜか女性には人気で、リジーにはそれがよく理解できなかった。

屋敷に住み込みで働いていたリジーは、毎晩のようにルームメイトたちと恋の話で盛り上がったものだが――リジーは常に聞き役だったけれど――そのとき話題に上るのは、いつもエリクかルークの二人だった。

エリクはわかる。誰もが口を揃えるほど優《やさ》しくて、強くて、まるで物語の中から飛び出してきた王子様のような人だったから。

ただ、シルヴィアの恋人だったから、みんな彼のことは遠くから観賞する、言わば憧《あこが》れの存在としていた。

対してルークは、強くはあったが、面倒だという理由で必要以上には喋《しゃべ》らないし、一部からは怖《こわ》がられていたほど愛想のない男だった。

そして来る者拒《こば》まず去る者追わずであったため、身近な恋人候補とされることが多かった男でもある。

だからふと、気になった疑問をぶつけてみたことがあった。

『ねぇルーク。ルークもいい加減、本命とか決めないの？』

屋敷の庭で、エリクとシルヴィアが楽しそうに微笑《ほほえ》み合っている。二人は咲《さ》いたばかりの花を穏やかに愛《め》でていた。

その様子を、リジーは鈍《にぶ》く痛む心とともに、遠くから見守る。

見たくないなら見なければいいのに、でも視界にエリクがいないのもまた、耐《た》えられなくて。

いつからか、遠目から見守るスタイルが日常と化していたのだが、そんなリジーの隣《となり》にはいつもルークが一緒《いっしょ》にいてくれた。

こういうところは憎《にく》めない男でもあった。

『ほら、だって私たちも、いつかは誰かと結婚しなきゃでしょ？　あんまり恋人が変わってると、いつかできた本命に逃げられちゃうかもよ。誠実な人がいいとか言われてさ。それか、本命なのに遊びだと思われて、誤解されちゃうかも』

どうしてこんな話題を出してしまったのか。ルークがなかなか答えてくれないから、リジーはなんとなく気まずくなる。

代わりに穴が開くんじゃないかと思うほど顔を凝視《ぎょうし》されて、誰かに助けを求めたくなった。

彼の瞳の奥で揺《ゆ》れるものに気づいたが、その正体まではわからない。

『な、なに？』

『……いや』

結局、このときの彼が発した言葉は、そのたった二文字だけだった——。

「ルークは恋《こい》多き男って感じだったけど……うん、むしろ私のこと、同性だと思ってたわよね？」

「そんなことはない。あの頃《ころ》はルークも若かったからな。臆病《おくびょう》だっただけさ」

「ふーん？　じゃあ今は、老成したということ？」

「もっと他に言い方があるだろ。大人になったと言ってくれ。——それで？　本題に戻《もど》すが、本音はどうなんだ。今でもエリクが好きか？　それとも、もう全然気持ちはない？」

打って変わって真面目《まじめ》な顔をするアズラクに、エリアナの表情も硬《かた》くなる。

前世と変わらない、静かな瞳だと思った。

それは、何にも動じない岩のようであり、相手の真実を見透《みす》かそうとする鏡のようでもある。

静かで、重くて、目を逸《そ》らすなと、逃げるなと訴《うった》えてくる、友の瞳。

リジーはこの瞳に見つめられることが、実はほんの少しだけ苦手だった。

「……ごめんなさい、アズラク。それでも私は、ここに来たの」

明確な答えは返せない。言葉にしたくないからだ。

だから遠回しな言い方をしたけれど、おそらくアズラクにはそれで十分だろう。

読みどおり、彼はその言葉だけで全《すべ》てを察したらしく、がしがしと頭を掻いている。

「わかった。もういい。本当におまえは……いや、おまえたちは、自分の心をなんだと思ってるんだか。片や自分の本心に気づかない馬鹿《ばか》と、片や自分の本心を偽《いつわ》る馬鹿だ。ある意味お似合いだな、まったく」

言われている意味がわからなくて、エリアナは戸惑《とまど》いがちに瞳を揺らした。

もしかして婚約《こんやく》を受け入れてもらえないのかと不安になったが、どうやらそれは杞憂《きゆう》だったようだ。

「いいだろう、エリアナ・ミラー王女。あなたとの婚約を受け入れよう。そして受け入れるからには、俺はおまえを大切にする。本心に気づかない馬鹿があとから横槍《よこやり》を入れてきても、俺はおまえを手放さない。それでもいいな？」

「！」

立ち上がったアズラクが、エリアナの手を取った。

その甲《こう》に恭《うやうや》しく口付けると、彼は上目遣《うわめづか》いでそんなことを言う。初めて見る友の熱い眼差《まなざ》しに、エリアナの胸は不覚にも高鳴ってしまった。

「言っておくが、俺はエリクのように優しくはない。奪《うば》うと決めたら、おまえの心ごと奪うぞ」

一方、エリアナが外交のためにファルシュへと旅立って、一ヶ月が経《た》とうという頃。

アルバートは今日も今日とて仕事に勤《いそ》しんでいた。他にやることがないからだ。

話し相手ならエリアナ以外にもいるけれど、どうにもそんな気分にはなれず、ひたすら仕事に打ち込んでいる。

前世でも今世でも、彼女とこんなに長く離《はな》れたのは初めてのことだった。

「ネイト、次の書類」

王宮に与《あた》えられた執務《しつむ》室で、アルバートは自分の侍従《じじゅう》に指示を出す。

といっても、本来ネイトにそこまでの役目はない。彼は侍従であり、あくまで日常のお世話係だからだ。

しかし独身で、頭の回転も速いため、アルバートは公私共にネイトをそばに置いている。裏を返せばそれだけ信頼《しんらい》しているというわけだが、そんな信頼している侍従に、アルバートはかわいそうな化け物でも見るような目を向けられていた。

「次の書類なんてもうありませんよ、若様」

「アンセルムに届ける決裁書類は」

「全て処理済みです」

「父上に任せられた領地内の橋の修繕《しゅうぜん》見積書は」

「すでに取得し、旦那《だんな》様に報告済みです」

「騎士《きし》団の事務方から頼《たの》まれた備品の購入《こうにゅう》リストは」

「先日必要なものをピックアップしてご自身で事務官に渡《わた》したのをお忘れですか？　そもそも、騎士団関連は若様の仕事ではないはずですが」

「……その他雑務は」

「あなたがしなければならないような雑務は、ありません」

ぴしゃりと断られてしまい、ついにアルバートも閉口する。思いつく仕事が他になかったからだ。

ここ一ヶ月は、少しでも手が空くと退屈《たいくつ》に感じてしまい、ずっと仕事をこなしていた。

明日や明後日《あさって》にやらなければならない仕事を前倒《まえだお》し前倒しとやっていたら、いつのまにかほとんどの仕事を終わらせてしまっていたようだ。

残るは日々の雑務のみ。だから、他部署の仕事も積極的に請《う》け負ってきたのだが。

「領地の仕事、もう少しもらえないか父上に相談してみようかな」

「おやめください。それ以上働いたら死にますよ」

「ええ？　まだ結構元気だけど」

「自覚がないだけです。顔色が変わらないのはさすがと言いたいですけれど、顔色など見なくても明らかです。仕事量が度を越《こ》してます。馬鹿なんですかあなたは」

「馬鹿って、それはさすがに酷《ひど》いんじゃ……」

容赦《ようしゃ》ないネイトに、アルバートは苦笑《くしょう》する。

本当に自覚はないのだ。もしここにエリアナがいたら、彼女はどう判断するだろう。そんなとりとめのないことを考えた。

けれど、そのとき脳裏《のうり》に浮《う》かんだエリアナの心配そうな表情が、アルバートの手を止める。

「……わかった。じゃあ少し、休憩《きゅうけい》しようかな」

「！　では少しと言わず、もう今日は休みを取れるよう手配してきます」

「いや、そこまでしなくていいよ」

「するんです。あなたが自発的に休むと仰《おっしゃ》るなんて、ほとんどないんですから。そういうときに休ませないと、あなたは永遠に休まなそうですからね。では、私は調整してきますから、さっさと帰宅なさってくださいね」

「え、ネイトっ、本気で休——ませるつもりかぁ」

アルバートの制止も聞かず、ネイトは執務室を出て行ってしまった。今頃《いまごろ》は扉《とびら》続きの部屋にいる自分の補佐《ほさ》官たちへ、さっそく事の次第《しだい》を伝えていることだろう。

アルバートは椅子《いす》の背もたれに深く背中を預けた。

(休みか……休みって、何をすればいいんだろ)

まともに休みを取ってこなかったツケが、ここでやってくる。全くのプライベートの時間を、今まではエリアナと過ごしていたけれど、今彼女は国にいない。

(エリアナ、大丈夫《だいじょうぶ》かな。初めての外交だし、何か困ったことになってないかな。まさか危ない目に遭《あ》ってないよな？)

もうずっとこんなことばかり考えている。

それではだめだと思ったから、仕事を入れていたのに。

(頭しか使ってないのもいけないのかも)

そういえば、最近は身体《からだ》を動かしていないことに気づく。

前世の二の舞《まい》は絶対に避《さ》けるべく、アルバートは日頃《ひごろ》から身体を鍛《きた》えているけれど、ここ最近はその時間も惜《お》しんで仕事をしていた。

時計を見上げる。

(今ならキールもいるな)

キール・マッキンレイは、アルバートの鍛錬《たんれん》仲間であり、騎士団の近衛《このえ》隊ではなく王宮警備隊に所属する一隊長だ。

さっそく動きやすい鍛錬用の服に着替《きが》えると、アルバートは訓練場へと足を向けた。

騎士団には、大きく分けて近衛隊と王宮警備隊がある。

両隊は同じ騎士団という括《くく》りの中にあっても、関《かか》わることはあまりない。

近衛隊は王族の護衛任務をこなすのに対し、王宮警備隊はその名のとおり王宮を警備するのが主な任務だからだ。

任務の内容が違《ちが》えばもちろん訓練の内容も異なり、そのため両隊の訓練場は別々にある。

「な、なんで?」

だから、アルバートは驚《おどろ》いた。王宮警備隊の訓練場に、なぜか近衛隊所属のユーインがいたからだ。

「それはこちらのセリフです。なぜ騎士でもないあなたがここにいるのです？」

訓練で掻《か》いたであろう汗《あせ》を拭《ぬぐ》いながら、ユーインは冷めた瞳《ひとみ》でアルバートを見返してきた。彼は近衛隊の騎士服を着ておらず、今はアルバートと似たり寄ったりの動きやすそうな服を身に纏《まと》っていた。

「よぉ、アルバート！　久しぶりだな。身体動かしに来たのか？」

「ああ、久しぶり、キール。ところでさ、なんでここに近衛隊の騎士がいるの？」

「あ、こいつ？　なんか知らねぇけど、最近よく王宮《おう》警備隊《ち》の隊長クラスに挑《いど》んでは負けて帰ってくんだよ。面白《おもしろ》いよな。今日の相手は俺だったんだけど、もち俺が勝った」

キールがそう言うと、ユーインはあからさまに不機嫌《ふきげん》さを顔に出した。

対してアルバートは、ユーインの行動に心当たりがあった。

「ユーイン、まさかそれ、エリアナが前に言ったことを気にして……？」

それは、以前エリアナとお忍《しの》びの視察に行ったときのことだ。騎士の代わりにエリアナの護衛を務めたのが、アルバートだった。

その際、実はアルバートが隊長クラス並みに強いと聞いたユーインは、わずかにショックを受けた顔をしていたように思う。

すると、ユーインが敵を前にしたようにアルバートを睨《にら》んできた。

「殿下《でんか》の護衛は私の役目です」

なるほど図星だったらしい。

「え、なに？　もしかしてこいつ、本当はおまえに闘争心剝《とうそうしんむ》き出しだった感じ？　そのせいでとばっちり食ったの、俺ら？」

「とか言ってどうせおまえは楽しんだんだろ、キール」

半目で詰《なじ》れば、キールは「バレた？」とからりと笑った。真顔の三白眼は怖《こわ》い印象を与えるけれど、キールはこんな感じでよく笑っているから周囲からは慕《した》われている。

ただ、王族に仕える近衛隊と違い、王宮警備隊は戦闘好きの変わり者が多い。その一隊長を任されているキールも、その内の一人である。

「まあでも、そういうことだったわけね。なら言うが、アルバートに勝つにはまだまだ実力が足りてないぜ、ユーちゃん。こいつ見た目が優男《やさおとこ》だから勘違《かんちが》いされることも多いけど、俺ですらこいつには一度も勝てたことねぇもん」

キールがそう言うと、ユーインは勢いよくアルバートに振《ふ》り向いてきた。

その顔は半信半疑だ。変なあだ名を付けられたことも気にならないくらい、アルバートの実力が意外だったらしい。

「んじゃ、せっかくだし相手してもらったら？　ご執心《しゅうしん》のアルバート本人にさ」

「キール」

余計なことを言うなと制止する。

「なんだよ。おまえだってどうせ息抜《いきぬ》きに来たんだろ？」

「そうだけどだめだ。無理。俺、ユーインに剣《けん》なんて向けられない」

たとえ彼に前世の記憶《きおく》がないとしても、前世で彼はアルバートの守るべき人だった。そんな相手に剣を向けるなど、到底《とうてい》できるはずもない。

が、記憶のないユーインに、その言葉は誤解の元でしかなかったらしい。

「剣を取れ、アルバート・グレイ殿《どの》」

刃《は》を潰《つぶ》した訓練用の剣を、足元に投げ捨てられる。

「剣も握《にぎ》れないほど相手にならないかどうか、やってから判断していただこう」

「いや、でもね」

やってからじゃ遅《おそ》いんだよ、なんて言葉は言わせてもらえなかった。

「貴殿がそれほどの実力者だというのなら、私にそれを示してくれ。そうでなければ、私は……っ」

どうしてか思い詰《つ》めた表情をするユーインに、アルバートは困惑《こんわく》してキールに視線で助けを求める。

キールは肩《かた》を竦《すく》めるだけだった。

「でもユーイン、俺は……」

「一度でいい！　一度だけで、構わないからっ」

いつもは冷たくアルバートをあしらうユーインだが、このときはむしろ縋《すが》られているようだと思った。暗い森の中で、道を示すカンテラを求められているような。

「…………」

アルバートは転がっている剣を無言で見つめる。

脳裏《のうり》に浮かぶ前世の最期《さいご》に眉根《まゆね》が寄ったけれど、こんなふうに助けを求められて手を差し伸《の》べないこともまた、アルバートにはできそうにない。

(俺の後悔《こうかい》に、ユーインは関係ない。俺たちの命を救ってくれたシルヴィに頼《たの》まれてるんだ。だから大丈夫、大丈夫……)

震《ふる》えそうになる手を宥《なだ》めて、剣を拾い上げた。

「なぜ受け身ばかりなんだ！　貴殿の実力はそんなものですか⁉」

ユーインが横一線に剣を薙《な》ぎ払《はら》う。アルバートはそれを後ろに飛んで避《よ》けた。

「ふざけるなっ。本気で戦え、アルバート・グレイ！」

「一応、ふざけてはないんだけどね……」

ユーインの連撃を紙一重《かみひとえ》で躱《かわ》していく。

大丈夫、と己《おのれ》の心に言い聞かせたが、やはりいざ切っ先を向けようとすると、どうしても身体が言うことを聞いてくれなくなるのだ。

原因はわかっている。前世の光景と重なるからだろう。

前世でシルヴィアに剣を向けたことはないけれど、敵を追いかけ、その先でシルヴィアを庇《かば》ったリジーを見た。その光景を、アルバートは己の構える剣先越《ご》しに、敵越しに見た。

そしてシルヴィアと目が合った。

ごくりと唾《つば》を嚥下《えんか》する。

「この、腑《ふ》抜《ぬ》けめ！」

がぎん、と嫌《いや》な音が響《ひび》いた。剣が交わり、膠着《こうちゃく》する。間近には青く燃える憤怒《ふんぬ》の瞳がある。

けれど不思議と、泣いているようにも見えて。

「ねぇユーイン、もしかして何かあった？　君が暴走するときって、大抵《たいてい》エリアナに何かあったときだよね？」

エリアナの名前に反応したのか、今度はユーインが剣を払い身を引こうとする。アルバートは先手を打って彼の剣先を下に落とすと、そのまま片足で地面に縫《ぬ》いつけた。

「エリアナは今外交中だよね？　まさかその先で何かあったの？　いや、でもそんな連絡《れんらく》、俺のところには来てないな」

最後は半ばひとり言のように呟《つぶや》いた。

前世でも今世でもそうだが、エリアナに何かあったら自分のところに連絡が来るようにちゃんと根回しはしている。

そもそも前世では自分が彼女の家族も同然だったし、今世でも幼い頃《ころ》から一緒《いっしょ》にいるため、自分のところに連絡が来るようにすることは、アルバートの中では当然のことだった。

と、そこでふと、思い至る。

エリアナは外交中だ。ではなぜ、彼女の護衛騎士《きし》であるユーインがここにいるのだろう。

「ユーイン、どうしてエリアナと一緒に行ってないの？」

そう訊《たず》ねたとき。

「〜っれは！　貴殿のせいだろう!?」

ユーインが押さえつけられていた剣を捨てて、アルバートの胸《むな》ぐらを摑《つか》んできた。

「なぜそんなことを無神経に訊《き》けるんだ！　全部貴殿のせいなのに！」

「お、俺？」

胸ぐらをがんがん揺《ゆ》すぶられながらも、なんとか訊ね返す。

「そうだ。貴殿のせいで、殿下に騎士として使えないと思われてしまった……っ。だから今回も留守番にされたんだ！」

「ええ？」

エリアナはそんなことをするような人間ではないと、アルバートなんかは思うけれど。

ユーインは至極真面目《しごくまじめ》に悩《なや》んでいるようだ。いや、傷ついている。

「殿下《でんか》の初めての視察のとき、私が、貴殿より弱いとわかったから」

「いやいや、エリアナは俺の腕《うで》なんてとっくに知ってたよ」

一応フォローのつもりでそう言ったのに、ユーインには思いきり睨まれた。理不尽《りふじん》だ。

「あのね、本当に違うよ。エリアナが恩人の君をそんなふうに蔑《ないがし》ろにするなんてありえない」

「なぜ言い切れるんですか！」

右から拳《こぶし》が飛んできた。反射的に顔を仰《の》け反らせて、同時に彼の拳を左手で受け止める。

ユーインがふるふると震え出すのが伝わってきて、「あ、まずい」と咄嗟《とっさ》に右手で握ったままだった剣を放《ほう》り投げる。

案の定、今度は相手の右拳が飛んできた。

「なぜ受け止める……！　一発くらい殴《なぐ》らせろっ」

「いくら君のお願いでもそれは無理だよ。だって、傷を作ったらエリアナが泣く」

「！」

いくら前世で騎士だったとはいえ、今世で最強になれるわけではない。強くなるための訓練で怪我《けが》を負うことは、エリアナだって仕方ないとわかっているはずだ。

「それでもエリアナは、涙《なみだ》こそ流してはなかったけど、泣いたんだ」

たぶん、心の中で泣いていた。それほど悲痛な顔をしていた。

彼女は口では何も言わなかったけれど――いや、アルバートの覚悟《かくご》を知っている分、言えなかったのかもしれない。

代わりに彼女の瞳《ひとみ》が、いつもより濡《ぬ》れていた。

「だからそうだなぁ。エリアナに事前申告《しんこく》してからならいいよ、好きなだけ殴っても。君にはその資格があるからね」

前世で守れなかったこと。幸せにできなかったこと。

あの吹雪《ふぶき》の日に救ってもらった恩返しさえ満足にできなかった自分を、ユーインだけは責める資格がある。

そして、最期のあのとき、恋人《シルヴィア》より妹《リジー》の手を取ったことを、本当はシルヴィアに責めてほしかった。

もちろん、自分の罪悪感をなくすためのそんなお願いは、口が裂《さ》けてもユーインに言うつもりはないけれど。

「わかりました」

押さえていたユーインの拳から力が抜《ぬ》ける。

どうやら諦《あきら》めてくれたようだと油断して手を放したとき、逆にがっちりとその手を掴まれた。

「え」

そのまま勢いよく頭突《ずつ》きをかまされる。見事なクリーンヒットだ。

放された手で額を押さえる。

「ユ、ユーイン。俺の話聞いてた？」

「聞いていましたとも。頭の固さには自信があります」

「そっか、聞いてなかったんだね。あとでならいくらでもいいって言ったのに、なんで今なの……」

「貴殿は殿下のことをなんでも知っているように見せつけてきますけど、実は全然知らないのですね」

「え？」

「殿下がそんな許可を出すと思っているなら、貴殿はやはり何もわかっていない。あの方は騎士団で浮《う》いていた私のような下っ端《ぱ》の人間のことさえ気にかけ、果ては自分の騎士にしてしまわれるような御方《おかた》です。そんな慈愛《じあい》に溢《あふ》れた方が、貴殿を殴る許可など出すはずがありません。ですから今殴りました。殿下を泣かせたいわけではありませんので、腫《は》れくらい気合で治してください」

「そんな無茶《むちゃ》な……」

あんまりな言い草に、けれどアルバートは、腹が立つよりも先に笑ってしまった。

真面目なくせにどこか無鉄砲《むてっぽう》というか、突拍子《とっぴょうし》もないところが、本当にシルヴィアと一緒だったから。

「ほんと、そういうところが変わってないなぁ」

前世では何度それに振《ふ》り回されたことだろう。

「……今のは、私に似ているという、貴殿の忘れられない女性の話ですか？」

「え？　――あっ。いや、ごめん。なんでもない」

完全に気を抜いていたせいで、名前こそ間違《まち》えてはいないが、シルヴィアのことを話に出してしまった。ユーインがそれを殊《こと》の外嫌《ほかいや》がると知っているのに、完全に失態だ。

「なんでもなくはありません。最近は名前を間違えなくなりましたから、やっと忘れてくれたと思っていたんですが」

いつもの冷えた瞳がアルバートを責める。

彼は地面に放置された二本の剣《けん》を拾い上げた。

「じゃあ君は、エリアナを忘れられる？」

アルバートのひと言に、ユーインが訓練場の端《はし》へ移動しようとしていた足を止めた。

「君にとって恩人だという彼女を、君は忘れられる？」

ユーインが黙考《もっこう》する。

そして。

「いえ、忘れられません」

きっぱりと答えた。

「殿下は貴族至上主義の上官から私と私の同僚《どうりょう》を助けてくれました。殿下がいなければ、私たち二人は今もあのまま酷《ひど》い扱《あつか》いを受け続け、騎士としての誇《ほこ》りさえ失っていたでしょう。殿下を忘れるということは、その恩まで忘れるということです。それは……できません」

「うん、俺も同じだよ」

忘れられない。シルヴィアがいなければ、自分はもとより、リジーまであの大雪に埋《う》もれてしまっていたかもしれないのだ。

あの頃《ころ》のエリクにとって、家族《リジー》を失うことほど怖《こわ》いものはなかった。

「君がエリアナを尊敬しているように、俺もその人を尊敬してるんだ。それにさ、その人のことを忘れちゃったら、たぶんエリアナに怒《おこ》られると思うんだよね。この恩知らずって」

思わず苦笑《くしょう》する。

リジーはシルヴィアのことを友人として慕《した》っていたから。

「あの、一つよろしいでしょうか」

「ん？」

ユーインはなぜか戸惑《とまど》いを隠《かく》せないという顔をしていた。

「貴殿にとって、その女性はなんなのです？　昔の恋人あたりだろうと思っていましたが、実は違ったんですか？」

「え！　なんで。間違ってないけど」

「それにしてはなんだか……」

「なんだか？」

「気づいておられますか？　先ほどから貴殿は、その元恋人の話よりも殿下の話ばかりされます。殿下を泣かせたくないとか、殿下が怒るからとか。もしかして無意識ですか？今まではただの幼馴染《おさななじみ》というだけで殿下のそばにいる貴殿が腹立たしくて仕方ありませんでしたけど、なるほど、そういうことですか」

「ちょっと待って。なに、そういうことって」

「貴殿も必死だったわけですね」

「なんで急に生暖かい目で見られてるの俺⁉」

ユーインにさらに詰《つ》め寄ろうとしたとき、少し離《はな》れた場所にいたキールに呼ばれる。

「おーい。いい加減終わったか？　そろそろ次の隊と交代だから、場所空けないといけねえ《え》んだけど」

「問題ありません。もう終わりました」

「いや、まだ終わってないよ！　中途半端《ちゅうとはんぱ》に終わらせないで！」

「あ？　なんだ、決着ついてないわけ？　マジで？　あのアルバートと引き分けとか、やるなあユーちゃん！」

「いえ、私が負けました。あとその呼び方やめてください」

無遠慮《ぶえんりよ》に肩《かた》に腕《うで》を回すキールを、ユーインは迷惑《めいわく》そうに払《はら》いのける。

今までのアルバートなら、こういうときは「シルヴィに触《さわ》るな」と間に入っていた。

でも今はそんな気も起こらない。

それは、ユーインに言われたことに気を取られていたからか、それとも別の理由からか。

「ユーイン！　続きは？　というか、エリアナに何かあったかもしれない話も、まだ答えてもらってないんだけど！」

さっさと訓練場から撤収《てっしゅう》しようとするユーインの背中を追いかける。

彼が振り返るとき、そこにシルヴィアが重なった。今までのようにユーインがシルヴィアに見えたわけではなく、ユーインとは別に、シルヴィアの姿が浮かんで見えた。

彼女が微笑《ほほえ》む。あのときと同じ――敵から彼女を逃《に》がしたときと同じ、何かを悟《さと》ったような仄《ほの》かな笑《え》みで。

ドクン、と心臓が大きく鳴った。

予感が、する。

「続きも何も、それはご自身で答えを見つけなければ意味のないものです」

予感がする。もう二度と、シルヴィアに会えない予感が。

「貴殿のことは苦手ですが、私は何より、殿下《でんか》の幸せを願っております」

それはきっと、別れの予感でもあって。

「貴殿が本気であるなら、私はもう何も言いません」

「本気って、何が？　だって俺は、そんな……」

喉《のど》がからからに渇《かわ》いている。水を求めるように真実を欲《ほっ》している。

でもそれは、決して近くに在る泉の水ではない。それを求めてはいけないと、誰《だれ》かが頭の中で警告している。

近すぎて気づかなかったのなら、気づかないままでいればいいと。

気づいてしまえば、その泉はたちまち消えてしまうからと。

「ユーインは、俺がエリアナのそばにいるの、反対してたじゃないか」

今度はアルバートが縋《すが》るような声を出した。

誰でもいいから止めてほしかったのかもしれない。今さらすぎる真実に、辿《たど》り着いてしまうことを。

「それは貴殿に忘れられない元恋人《こいびと》がいると思っていたからです。ですが、その女性は単なる憧《あこが》れの存在だったとわかりましたので」

「憧れ……？　そりゃ、憧れてはいたけど」

「話を聞く限り、私の殿下への思いと同じです。恩人で、その人間性に憧れ、幸せになってほしいと願っている。そのためなら私は努力を惜《お》しみません。その笑顔を守り抜《ぬ》くためなら、何者であろうと容赦《ようしゃ》はしません」

「うん、解《わか》る。だって、命を救ってもらったから。でも」

でも、どうしてその思いが、〝想《おも》い〟ではないのか。

大切に思い、守りたいと慈《いつく》しむ穏《おだ》やかな心は、恋の証《あかし》ではないのか。

「私は、殿下が幸せになるなら、たとえ自分の苦手な男でも我慢《がまん》できます」

「え？　それはよく解らないな。エリアナに近づく男はみんな彼女の上辺だけ見てくるから、俺はそんな奴《やつ》らに渡《わた》したくないけど」

「……殿下が最終的に選ぶ人に、文句は言いません」

「それはだめだよ、ユーイン。エリアナを信じてないわけじゃないけど、ほら、結婚《けっこん》してから豹変《ひょうへん》する男もいるって言うだろ？　ちゃんと見極《みきわ》めないと」

「では、どんな相手ならいいんですか」

「それは……――」

と考えて、誰であろうと気に食わない事実に愕然《がくぜん》とする。

「そんな……どうして。いや、違う。そんなはずない」

自分の心の奥底にあったものが、目覚めようとしている。

アルバートはそれを必死に押しとどめた。これは目覚めさせてはいけないと、前世で自分が封印《ふういん》したものだからだ。

「だって俺は、兄なんだよ。家族じゃないと、ずっと一緒《いっしょ》にはいられない」

そう、家族でないと、彼女を繋《つな》ぎ止める鎖《くさり》がなくなってしまう。彼女が自由になってしまう。

天真爛漫《てんしんらんまん》なリジーは、エリアナは、自由になれば簡単に自分の許《もと》を去ってしまうだろう。

「貴殿は何を言っているのです？」

「え？」

ユーインが心底呆《あき》れたように剣《けん》を担《かつ》いでいる。なんとも頼《たの》もしい格好だ。

「家族でなくとも、共にいられるかどうかは双方《そうほう》の気持ち次第《しだい》では？」

「――――！」

「私は五人兄弟の三男ですが」

「五人兄弟⁉」

「今頃次男は世界各国を旅して彷徨《さまよ》っています。たとえ家族だろうと、離れるときは離れます」

ユーインの言葉にハッとする。

そうだ。家族だろうと離れるときは離れる。他《ほか》でもない、前世の自分がそうだった。

血の繋がりがあるはずの家族は、最初から最後まで自分のそばにはいてくれなかった。

（じゃあ、リジーが、一緒にいてくれたのは……）

家族だからじゃない。妹だからじゃない。

彼女が自分と一緒にいたいと思ってくれた、その結果だ。

誰と一緒にいたいかは、一緒にいるのかは、思い一つで変わってしまう。今は隣《となり》にいてくれても、この先もそれが当然とは限らない。

（つまりエリアナが、俺から離れていくこともあるってこと？）

ズキ、と胸が痛んだ。こんな気持ちは初めて感じる。

モヤモヤとした曖昧《あいまい》なものではない。はっきりと嫌《いや》だと思った。エリアナが自分の許を去り、別の誰かと共にいたいと考えることすら、嫌だと思った。

こんなにも身勝手でドス黒い感情も、初めて体験する。

「酷《ひど》い顔ですね」

ユーインが言った。

「なぜ貴殿は、そんな激情を自覚できなかったのか。恩人だという女性のせいですか？」

「……っがう。違《ちが》うよ。俺が悪いんだ。俺が……」

初めて自覚した――認めた想いは、しょっぱい涙《なみだ》の味がした。

「ごめんね、〝　〟」

エリアナがファルシュ王国から帰国したのは、ちょうど昨日のことである。

初めての他国訪問ということと、数週間にわたる馬車旅だったということで、エリアナは帰ってすぐ両親に帰国の報告を済ませると、ベッドへとダイブした。

そんな彼女を半ば連れ去るように風呂《ふろ》に入れ、寝支度《ねじたく》を済ませてくれたのは見慣れた侍《じ》女《じょ》たちだ。見知った顔にほっとする。


というわけで、エリアナがユーインに会ったのは、その翌日のことだった。

「私は、絶対に殿下の護衛を降りません」

顔を合わせて早々そんなことを言われたものだから、エリアナはすぐに誤魔化《ごまか》すことができなかった。

ユーインが悲しげな微笑《びしょう》を浮《う》かべる。

「やはり、私を外されるおつもりでしたか」

「ち、違うわユーイン！　外すというより、あなたにはもっと活躍《かつやく》できる場所をと」

「そんなもの、殿下を守れない場所なら要《い》りません。私は、私と私の同僚《どうりょう》を救ってくださった殿下のためにこの腕《うで》を振《ふ》るいたいのです。私の実力が心許ないというのなら、今以上に訓練に励《はげ》み、必ずや強くなってみせます。ですから、どうか考え直していただけませんか」

「ユーインっ」

彼が頭を下げる。いったい自分の留守中に何があったのかと、エリアナは慌《あわ》てて彼の頭を上げさせた。

「あなたが頭を下げる必要はないし、あなたの実力が足りないとも思ってないわ。だって近衛《このえ》第三部隊の中で、あなたが一番強いじゃない」

「隊長には敵《かな》いません」

「敵ってたらあなたが隊長になってしまうわ。いえ、隊長になることは喜ばしいことだけど、そうじゃなくて」

「では、なぜ殿下は今回の外交に私を連れて行ってくださらなかったのです？」

「それは……」

言えるはずがない。

アルバートのためだなんて、この健気《けなげ》な騎士《きし》に言えるはずもなかった。

代わりにエリアナは、外交の本当の目的を話すことにした。

「ユーイン、向かいのソファに座って。話をしましょう」

「いえ、さすがにそれは」

「あなたの今後にも関《かか》わることなの」

エリアナが真剣な眼差《まなざ》しでそう伝えれば、彼は息を呑《の》んでから怖々《こわごわ》とソファに腰《こし》を下ろした。

「今回のファルシュ王国の訪問だけど、表向きは私の知識と見聞を広めるためということになっているわ」

ユーインが頷《うなず》く。彼もこちらの理由は知っている。

「でもね、本当は私の婚約者候補に会いに行っていたのよ」

「！」

緊張《きんちょう》した空気が流れる。それはエリアナの心情だったのか、ユーインの心情だったのか。

しかしここで、最もこの話を聞かれたくなかった人物が、メイドの開けた扉《とびら》から姿を現した。

「アル、バート？」

「エリアナ……」

互《たが》いに信じられないといった表情で固まる。扉を開けたメイドは慌てふためいていた。

それもそうだろう。アルバートの訪問は今に始まったことではない。最近は毎日訪ねてきていた彼を、エリアナのメイドたちは顔パスも同然に通している。エリアナ自身、面倒《めんどう》だったからそれでいいと伝えてもいた。

でもまさか、こんな場面で登場するなんて。

部屋の空気の緊張度が、さらに高まった。

「エリアナ、今の、どういうこと？」

先に沈黙《ちんもく》を破ったのはアルバートだ。

ユーインはさっとソファから立ち上がると、自然な動作でエリアナの背後に控《ひか》え直していた。

「アルバート、その、久しぶりね。元気だった？」

「寂《さび》しかったよ、君がいなくて」

突然《とつぜん》の口説き文句のようなそれに、エリアナは目の前の人物がアルバートの偽者《にせもの》ではないかと疑った。

いくら人を期待させる天才のアルバートでも、こんなあからさまなことを言ったことはない。

ユーインといい、アルバートといい、いったい何があったというのだ。

「と、とりあえず座る？　今メイドたちがお茶を淹《い》れてくれてるから」

アルバートは短く返事をすると、いつもの定位置に腰を下ろした。向かいのソファではなく、斜《なな》め前のソファだ。いつもは気にならない距離《きょり》の近さが、なんだか今日は妙《みょう》に気になる。

「さっきの話なんだけど。ごめん、盗《ぬす》み聞きするつもりはなかったんだ。でもどういうこと？　なんで外国に婚約者候補がいるの？　いや、そもそも、婚約者候補って」

「それは前にも話したじゃない。お兄様が婚約者を見つけたから、次は私の婚約者を探さないといけないのよ。お父様がさっそく見繕《みつくろ》ってくれてね。ファルシュ王国の第二王子が、その一人だったというわけなの」

「じゃあまさか、エリアナは外国に嫁《とつ》ぐつもりなの？」

その質問に答えるべきか否《いな》か、エリアナは悩《なや》んだ。

けれど、遅《おそ》かれ早かれ知られることでもある。

できれば滞《とどこお》りなく進めたかったため、まだアルバートには伝えるつもりはなかったけれど、こうなってしまっては隠《かく》しても無意味だろう。

「ええ、そのつもりよ」

そう告げた瞬間《しゅんかん》の彼の表情を、エリアナは見るんじゃなかったと後悔《こうかい》した。耐《た》えがたい苦痛を与《あた》えられた者の顔だった。

すぐにそれを視界から追い出す。

「だってファルシュとは、ほら、まだラドニア《うち》との国交が強固なものじゃないでしょ？　だから、結婚《けっこん》がその架《か》け橋になればいいと思ったの」

「つまり、政略結婚ってこと？」

「そうだけど、そうとも言い切れないわ」

「どういうこと？　――！　まさか前に言ってた、君が一緒《いっしょ》にいたいと想《おも》う人って……」

「え？　あれは違《ちが》うわよ。具体的な人を挙げたんじゃなくて、一般論《いっぱん》よ」

以前、ずっと一緒にいたいと思えるような人と出逢《であ》い、相手も同じように思ってくれたら奇跡《きせき》ねと話したことはある。でもそれは考え方のことだ。

「じゃあ、どういう意味？」

「その前にちょっと待って。――ユーイン、それとメイドのみんなも。少し込み入った話をするから、アデルだけ残して下がっていいわ。お茶のセッティング、ありがとう」

エリアナはそう言うと、部屋に三人だけになったことを確かめてから、もう一度口を開いた。

「それがね、ファルシュの第二王子が、ルークだったのよ」

「ルーク？　待って。俺が知るルークって一人しかいない……まさか、そのルーク？」

「そのまさかよ！　私たちの同僚だった、あの寡黙《かもく》なルーク」

さすがに意表を衝《つ》かれたのか、アルバートがぽかんと口を開けている。

「懐《なつ》かしいでしょ？　しかもね、彼にも記憶《きおく》があったの。今じゃ無口無表情ってわけでもないけど、根本はやっぱり変わってなかったわ。アルバートのことを話したら『元気そうで良かった』って言ってたわよ」

「え、本当に？　あのルークもここに？　しかも今は、ファルシュの王子？」

「だからそう言ってるじゃない」

「記憶もあって？」

「そうそう。びっくりでしょ？」

「びっくりなんてものじゃないよ！　それで、ルークは元気だった？」

本題はどこへやら、二人は旧友の話題で盛り上がる。

「ええ、元気だったわよ。口も表情筋もよく動いてたわ」

「そうなの？　俺、ルークの無表情なところ結構気に入ってたんだけどな。普段《ふだん》あんまり動かないからこそ、たまにそれが緩《ゆる》むとめちゃくちゃ嬉《うれ》しくてさ。ある意味残念だなあ」

「そうね。必死に笑わせようとしてたものね」

「それはエリアナもでしょ？　そのせいで木の上から落ちそうになって、慌《あわ》てて俺が助けたんだよね」

「……あら、そんなことあったかしら」

「あったよ。高いところから落ちるのが好きなのかなって思った覚えがある」

「アルバートの妄想《もうそう》じゃなくて？」

「じゃあそのときの状況《じょうきょう》を事細かに教えてあげようか？」

「ごめんなさい嘘《うそ》よ、覚えてるわ」

「うん、良かった」

こういうとき無駄《むだ》に笑《え》んでくるアルバートはちょっとだけ怖《こわ》い。触《さわ》らぬなんとかに祟《たた》りなし、というやつだ。

「でもそっかぁ、そのルークがエリアナの婚約者候補か」

「そうなのよ。だからきっと、うまくやっていけるわ」

自分に言い聞かせるようにそう言ったら、アルバートが途端《とたん》に真顔に戻《もど》った。

「そう。エリアナはそう思うんだね？　うまくやっていけるって」

「？　ええ」

「本当に？　前世《むかし》のルークのこと、君だって知らないわけじゃないだろ？　俺は友人としてのあいつは好きだけど、女性関係だけは褒《ほ》められたものじゃないと思ってる」

「でもそれは前世《むかし》の話でしょ？　今は彼も王子よ。そんな馬鹿《ばか》なことしないわ」

「どうして言い切れるの？　俺は何度も見てきたんだ。エリアナがあいつに泣かされたら、俺は友人だろうと容赦《ようしゃ》しない」

「私は泣かされないわ」

「だから、どうしてそう言い切れる？」

答えは簡単だ。泣かされるほど、エリアナが彼に心を許すことはないと言い切れるからだ。

あくまで二人は利害の一致《いっち》で結婚するだけであって、互いの幸せなど考えていない。むしろエリアナはそういう結婚を望んでいる。アルバート以外の温《ぬく》もりなんて、端《はな》から求めていない。

けれど、それを彼に明かすつもりはなかった。

「とにかく、私はもう決めたの。あなたに反対されようが関係ないわ」

「関係ある」

「ない」

「あるよ。だって俺は、君のこと――」

「アルバート！」

突然大声を上げた自分を、アルバートはもちろんのこと、空気のように控えていたアデルも驚《おどろ》いた様子で見つめてきた。

エリアナ自身もびっくりしている。こんな大きな声、自分にも出せたのかと。

「いきなりごめんなさい。でも、何度も聞かなくてもわかってるわ。妹みたいに思っている私が苦労しないか、心配してくれてるのよね？」

ちゃんと解《わか》っている。

だからそうやって、何度も突きつけてほしくはなかったのだ。自分が彼にとって妹でしかない現実を。

——〝だって俺は、君のこと、妹のように大切に思っているから〟

どうせそんな言葉が続いたのだろう。

「本当に、そんなに心配しなくても大丈夫《だいじょうぶ》よ。私だってもう大人なんだから」

もう、無邪気《むじゃき》に期待するほど子どもではない。

（だから、いい加減忘れさせて。お願いよ……っ）

彼が好きなのはエリアナじゃない。シルヴィアだ。

もう死んでしまった人に、エリアナはどうやったって敵《かな》わない。

せめてシルヴィアが女として転生してくれていたら、まだ越《こ》えられる可能性はあったかもしれない。もしくは、もっと早くに諦《あきら》めがついていたかもしれない。

でも、彼女は男に生まれ変わった。

こう言ってはユーインに失礼だが、どうして女に転生してくれなかったのかと思ったのは、何もアルバートだけじゃないのだ。

（あーだめだめ！　こんなこと思うなんて、ユーインに失礼だわ）

だからこそ、もう決着をつけようと思った。

これ以上醜《みにく》い自分になる前に。

これ以上彼を好きになる前に。

そしてこれ以上、前世に振《ふ》り回されないために。

「アズラクも私も、前世とは違うの。だから大丈夫。私は彼と結婚するわ」

「ちょっと待って、エリアナ。アズラクって、もう呼び捨ててるの？」

それがなんだというのだ。

「アルバートのときだってそうだったじゃない。そもそも、アズラクは未来の旦那《だんな》様よ。何も問題ないわ」

「でもまだ候補なんだろ？」

「ほぼ確定よ」

「でもやっぱり、ルークは」

「いい加減にして。あなたは今世のルークに会ってないからそんなことが言えるのよ。本当に素敵《すてき》な男性になってたんだから」

これ以上彼から余計な言葉を聞かないよう、エリアナは早口で畳《たた》み込むことにした。

「とにかく、そういうわけだから、今度の私の誕生日パーティーにはアズラクも招待するの」

「！　まさか……」

「そのときに婚約《こんやく》を発表するわ」

「エリアナ、待って。よく考えて。ファルシュとの国交は何も結婚じゃなくても強化できる。君が外国に嫁《とつ》ぐ必要はないんだ」

「それでも、結婚が一番の近道よ」

突きつけるように断言したら、やっとアルバートが口を閉《と》ざした。

これでもう反論もないだろうと思っていたら。

「……わかった。じゃあ、結婚より近道があれば、君は考え直してくれるんだね？」

――え？

感情的に動いていた脳が、そこで一度停止した。

どれくらい見つめ合っていただろう。アルバートの言葉をようやく噛《か》み砕《くだ》くと、口角が痙攣《けいれん》するように引きつった。

「何を、言ってるの、アルバート」

「ごめんね、エリアナ。兄だと思ってた男からこんなこと言われても、君は困るだけだよね。それはわかってる。だから今は、これ以上何も言わない。でも、婚約発表は待って。君を幸せにするのはルークじゃない」

強い瞳《ひとみ》に射貫《いぬ》かれる。開いた口が塞《ふさ》がらない。震《ふる》えている。

喉《のど》が焼け付くように熱くて、腹の底から叫《さけ》び出したい文句が、うまく言葉になってくれない。

（どうして）

どうして彼は、そんなことが言えるのだろう。

好きでもない女に。ただの妹に。どうして。

(どうして、そんな期待させるようなことばかり言うの！　私のこと、好きになってくれないくせにっ！)

絶望とは、今この瞬間《しゅんかん》のことを言うのだろう。

あんなことを言うくせに、彼は自分を妹としてしか見てくれない。シスコンというには度を越《こ》している。

いや、本当にシスコンだからなのだろうか。

彼がエリアナを見つめる瞳には、今までにはなかったものが確かに宿っている。

これまでは陽炎《かげろう》のように揺《ゆ》れていたものが、確かに形を得ている。

それは、妹に向けるにしては、熱すぎる熱が灯《とも》っているように見えた。

(どういうこと？　まさかアルバートが、私のこと？)

そう思ったとき、前世で愚《おろ》かにも期待して破れた自分の恋心《こいごころ》を思い出した。

(だめ。だめよ、期待しちゃ。何度それで傷ついたと思ってるの。いい加減にするのは私のほうじゃない)

いい加減に、勝手に期待する心をなんとかしなければ。

「婚約発表は待たないわ。そんな方法、あるはずないもの」

「エリアナ」

「っ、もう出て行って！　アルバートなら喜んでくれると思ったのに。反対するなら、言わなければよかった……！」

　これまで感じたことのないような重い沈黙《ちんもく》が落ちた。

　先にそれを壊《こわ》したのは、アルバートだ。

「わかった。今日はもう帰るね。少し頭を冷やすよ」

　エリアナは何も答えなかった。

「エリアナも、長旅で疲《つか》れてるでしょ？　そんなときに怒《おこ》らせてごめん。ゆっくり休んで」

　扉《とびら》が静かに閉まる。

　彼を見送らなかったのは、エリアナにとって初めてのことだった。

第7話 彼女だけが知らない

あれからひと月半が経《た》ち、すっかり外は単彩《たんさい》のような景色になりつつある。あんなに彩《いろど》り豊かだった木々も、今や物寂《ものさび》しい枯《か》れ枝《えだ》姿となってしまっていた。

今世のエリアナは、そんな寒い時季に生まれた。

ラドニア王国第一王女の誕生日パーティーは、すでに始まっている。

ちなみに、アズラクをこのパーティーに招待してはいるものの、本日のエリアナのエスコート役は父王だ。

というのも、アズラクとはまだ婚約式を終えていないからである。

このパーティーで彼のお披露目《ひろめ》をし、その後彼がラドニアに滞在《たいざい》する間に婚約式を執《と》り行う予定だった。

まあ式といっても、紙に署名《サイン》をするだけなので、今度はエリアナが彼に自国を案内するところまで含《ふく》めた予定を立てている。

が、そのアズラクは、どうやらまだ到着《とうちゃく》していないらしい。

そのためエリアナは、一人で様々な客人から祝いの言葉を受け取っていた。

「このたびはお祝い申し上げます。殿下《でんか》もついに十八とは、早いものです」

「ありがとうございます、アニストン侯爵《こうしゃく》」

「お誕生日おめでとうございます、ミラー王女。ますます綺麗《きれい》になりましたね」

「ありがとうございます、ブライス王子。王子も大きくなられましたわ。以前は私の背と同じくらいでしたのに」

「成長期ですからね」


「このたびは殿下の誕生日パーティーにお招きいただき、感謝申し上げます。いつもお美しいとは思っておりましたが、今日は一段と輝《かがや》いておられますね。まるで月夜の女神《めがみ》だ」

「まあ、さすがに褒《ほ》めすぎですわ、フリットウィック伯爵《はくしゃく》」

「いやいや、そんなことはありません。おまえもそう思うだろう？　ダン」

「はい、父上」

「紹介《しょうかい》しましょう。これは私の愚息《ぐそく》でして、年は殿下の一つ下でしたかな。兄と同じくらい優秀《ゆうしゅう》なのですが、引っ込み思案なところが玉に瑕《きず》で……」

伯爵の視線が息子《むすこ》に向けられる。それは言外に「ほら、言うんだ」と何かを催促《さいそく》するような視線だった。

エリアナはピンとくる。おそらく次にダンが言うだろうセリフは——

「殿下、よろしければ、僕とダンスを踊《おど》っていただけませんか？」

——やっぱりきた。

エリアナは内心でうんざりしながら「ええ喜んで」と差し出された手に自分の手を重ねた。

これで何度目だろう。祝いの言葉を方便に、自分の息子を売ってくる貴族に遭遇《そうぐう》するのは。彼らは決まってダンスを申し込んでくるので、エリアナに休む暇《ひま》はない。

やがて挨拶《あいさつ》ラッシュに終わりが見えると、エリアナは用意されていた自分専用の豪奢《ごうしゃ》な椅子《いす》の許《もと》へと逃《に》げた。

すかさず給仕《きゅうじ》が差し出してくれたグラスを受け取って、渇《かわ》いた喉を潤《うるお》していく。

それから空になったグラスを、ぼんやりと見つめた。

(アルバート……結局あれから一度も会わなかったわね)

喧嘩《けんか》もどきの言い合いをしてから、彼は一度もエリアナを訪ねては来なかった。

時間が経って冷静さを取り戻《もど》したエリアナは、アルバートともう一度しっかり話したいと思っていたのに、肝心《かんじん》の彼が捕《つか》まらなくてヤキモキしていた。

だって、このままでは。

(どうしよう。このまま、喧嘩別れになったら)

エリアナはアルバートへの恋心を忘れたいだけで、彼と仲違《なかたが》いまでしたいわけではない。ならばさっさとエリアナのほうが会いに行けばよかったのだろうが、会いに行った先でも捕まえられなかったのである。

彼の侍従曰《じじゅういわ》く「時間がない急ぎの仕事をしている」ということだった。

「この調子じゃ、最後の『おめでとう』は聞けないわね」

ふっと、自嘲《じちょう》の笑《え》みを浮《う》かべる自分がグラスに映った。

ただ失恋《しつれん》を忘れたいだけなのに、どうしてこんなにうまくいかないのだろう。

ため息を吐《は》き出そうとしたとき、

「俺は、これを最後にするつもりはないよ」

俯《うつむ》けていた頭上から、聞き慣れた優《やさ》しい声が降ってきた。

反射的に顔を上げれば、目の前に正装をしたアルバートが立っている。髪《かみ》を後ろに撫《な》でつけていて、大人の色香《いろか》が漂《ただよ》うような姿に一瞬見惚《みと》れてしまう。

彼は椅子に座るエリアナと視線を合わせるように、片膝《かたひざ》をついた。

「誕生日おめでとう、エリアナ。毎年伝えているけど、君がここに生まれてきてくれて本当に感謝してるんだ。だから、あのことは一度置いて、今はちゃんとお祝いさせてくれないかな？」

右手が差し出される。ダンスの申し込みだ。

舞踏《ぶとう》会で彼と踊るのは、もはや決まった約束のようになっているが、喧嘩のあとも変わらず接してくれるアルバートにエリアナは胸を撫で下ろした。

いつものようにその手を取ろうとして、しかし横から別の誰《だれ》かに腕《うで》を引っ張られる。

何が起きたか理解する前に、腰《こし》を抱《だ》かれ、その誰かの隣《となり》に立たされていた。

「よぉ。久しぶりだな、エリク」

アルバートのことをその名で呼べるのは、エリアナと、もう一人。

「……ルーク」

そう、アズラクだけだ。やっと到着したらしい。

「ちょっとアズラク、いきなり手を引っ張らないでよ。びっくりしたじゃない。それに遅《おそ》いわ」

「悪いな。先に用件を片付けてた。それと、手を引っ張ったのは不可抗力《ふかこうりょく》だ。言っただろ？　本心に気づかない馬鹿《ばか》があとから横槍《よこやり》を入れてきても、俺はおまえを手放さないって」

「はい？」

なんで今そんな話になるのか、エリアナは全く状況《じょうきょう》を呑《の》み込めていない。

ただ確かなことは、アルバートとアズラクは久々の再会のはずなのに、なぜか二人ともぴりぴりしているということだ。

「おかしいな。俺の記憶《きおく》じゃあ、鈍感《どんかん》なエリクがそんな目で俺を睨《にら》んでくるはずはないんだがな？」

何が面白《おもしろ》いのか、アズラクは喉《のど》を鳴らして笑っている。

「そうかもしれないね。でも俺だって、できれば久々の旧友との再会は、こんな剣呑《けんのん》な雰《ふん》囲気《いき》ではしたくなかったよ」

「へぇ？　婚約《こんやく》のことは知ってるってわけか」

エリアナは二人を交互《こうご》に見やる。

アルバートは笑っているのになぜか目が怖《こわ》いし、アズラクは挑発《ちょうはつ》的な顔が怖い。ようは二人とも怖い顔になっているのだが、その理由がわからない。

「この際だからはっきり言うよ。ルーク、エリアナは諦《あきら》めて」

「この際だから俺もはっきり言おう。エリク、おまえこそ二度とエリアナに近づくな」

エリアナは混乱した。それはもう二人が異世界の言語でも話しているのかと思うくらい、彼らの言葉が耳を上滑《うわすべ》りしていく。

今話題に出されている「エリアナ」という名前が、とても自分のものとは思えなかった。

「この際だからもう一つ言わせてもらうけど、君の奔放《ほんぽう》な女性関係にエリアナを巻き込まないでほしい。前世でも散々言ったよね？」

「俺もこの際だからぶっちゃけるけど、ただのオニーチャンはお呼びじゃねぇんだよ。あと前世の俺と一緒《いっしょ》にすんな」

バチバチッと火花が散る。

ここまでくるとエリアナは混乱を通り越《こ》して呆《あき》れてしまった。睨み合う二人の間に割って入り、ため息と共に告げる。

「ねぇ、喧嘩なら別室でやってくれる？」


エリアナのひと言で本当に別室にやってきた三人は、アルバートとアズラクが向かい合ってソファに座り、エリアナはその二人の間にあるアームチェアに腰を下ろした。〝コの字の形に落ち着いたわけだが、二人の険悪さは全く落ち着いていない。

「まずはエリアナ、まだ言ってなかったな。誕生日おめでとう。プレゼント楽しみにしてろ。おまえが好きそうな甘い菓子《かし》を用意した。もちろん珍《めずら》しい宝石を使ったアクセサリーもあるが、おまえはそういうの、あまり興味ないだろ」

「え、ええ。まあ。ありがとうアズラク、どっちも大切にいただくわね」

彼の言うとおり、エリアナは宝石に興味はない。特に集めたいとは思わないけれど、もらったものはきちんと大切にする。

「で？　エリクは何を贈《おく》ったんだ？」

「あとでエリアナに直接渡《わた》すつもりだから、ここでは言わない。それより、君があんな登場するからつられて頭に血が上ったけど、まずはちゃんと自己紹介しよう。……せっかくの再会なんだから」

　アルバートがそう提案するのを、エリアナは全力で頷《うなず》いて支援《しえん》した。友人二人が険悪になっていると、間に挟《はさ》まれた側の人間としては非常にいたたまれないからだ。

「まったく、そういうところがエリクらしいな。では改めて、ファルシュ王国第二王子、アズラク・ドラグニアだ」

「オルドリッジ侯爵《こうしゃく》の息子《むすこ》、アルバート・グレイ。また会えて嬉《うれ》しいよ、ルーク。やっぱりひと目でわかるものだね、前世の友人は」

「本当におまえは……そういうところなんだよなぁ。ま、俺もおまえたちにまた会えたこと、感謝してるよ。前世では俺と友人になりたがるような珍妙《ちんみょう》な男なんて、おまえくらいだったし」

「それは君の日頃《ひごろ》の行いのせいだよ。恋人をコロコロ替《か》えるのが悪い。でもまあ、友人としては楽しい奴《やつ》だったから、俺は好きだったけどね」

「そうか？　面倒《めんどう》だからってまともに口も開かないような、つまらない奴だったと思うけど」

「まあ確かに、あのルークがこんなに喋《しゃべ》ってるのは違和感《いわかん》がすごいけど。君は全く笑わないわけじゃなかったし、周囲をよく見てて、意外と気遣《きづか》いもできるいい奴だったよ。俺が落ち込んだときは黙《だま》って飲みに連れ出してくれたりとかさ」

「あ、私も。落ち込んでると、いつのまにかルークが静かに隣にいるの、すごく励《はげ》まされたわ」

徐々《じょじょ》に和《なご》やかな空気が広がっていく。

エリアナ《リジー》が落ち込むときは、大抵《たいてい》エリクのことでだが、エリクとシルヴィアの二人を遠目に見守っているとき、ルークは必ずそばにいてくれた。

思えば、リジーの気持ちを知っていたからこそ、彼はそうしてくれていたのかもしれない。初めてアズラクと会ったとき、リジーの想《おも》いがバレていて動揺《どうよう》したが、確かに思い出すルークの行動はその言葉を裏付けるものだった。

「おい、二人してやめてくれ。俺はおまえらが思うほどどいい奴じゃねぇよ」

心底嫌《いや》だと訴《うった》えるようにアズラクが眉根《まゆね》を寄せた。

そんな前世の友人に、アルバートは小さく吹《ふ》き出している。「本当に表情が豊かになってる」とエリアナを見て笑うものだから、嬉しくなったエリアナもまた「でしょ？」と笑い返した。

「あのなぁ、おまえらここに来た経緯《けいい》を忘れてないか？　この似た者同士め。本当にいい奴は、友人の女を取ろうとしない」

「「なっ」」

アズラクの爆弾《ばくだん》発言に、エリアナとアルバートが二人して絶句する。

動揺のあまりエリアナは立ち上がっていた。

「何言ってるのアズラク！　アルバートはユーインのものよ！」

「エリアナも何言ってるの!?　二人とも間違《まちが》ってるから！　というか、そうだよ！　俺は二人の婚約を反対しに来たんだよ！」

「だからなんで反対するのよ！　アズラクも心を入れ替えたって言ってたじゃない」

「言ってないよね!?」

あれ、と思って記憶を遡《さかのぼ》ってみると、残念ながら言ってなかった。

「アズラク、今言って。『俺は心を入れ替えました。婚約者をコロコロ替えません』。はい」

「俺は心を入れ替えました。エリアナしか愛さない」

ぶっ、と危《あや》うく王女としてやってはいけない反応をするところだった。

アルバートなんかはアズラクを指差して震《ふる》えている。その気持ちはよく解《わか》る。

「アズラク王子、話し合いが必要みたいだね」

やがて冷静さを取り戻《もど》したらしいアルバートが、口角を引きつらせながら言った。

「なぜ？　エリアナが嫁《とつ》いでくると、ファルシュとしても有益だ。いくらおまえでも国益には口を出せないだろ」

「そうだね。何も準備をしていなかったら」

アズラクのこめかみがぴくりと反応する。

エリアナも驚愕《きょうがく》の表情でアルバートを凝視《ぎょうし》した。

いつのまにか扉《とびら》の外に控《ひか》えていたらしいアルバートの侍従《じじゅう》が、彼の呼びかけに応じてテーブルの上にたくさんの資料を並べていく。

エリアナもそれを読もうと、アームチェアに座り直した。

「ファルシュは長年、国土の砂《さ》漠化《ばくか》が問題になってるよね」

「そうだが、それが？」

「これはその原因と対策についてまとめたものだ」

途《と》端《たん》、アズラクの纏《まと》う雰囲気が変わる。表情は真剣《しんけん》そのものだ。

その視線はアルバートの真偽《しんぎ》を見抜《みぬ》こうと彼に固定されていた。

「まさか。この短期間で？」

「幸いなことに俺は次期侯爵で、勉強できる環境《かんきょう》に恵《めぐ》まれていてね。世界の環境問題だって一通り履修《りしゅう》済みだった。立場上交友関係も広いから、ファルシュの事情に詳《くわ》しい伝手《つて》もあった。それに俺、今はこの国の外交部に勤めているから、結構融通《ゆうずう》を利《き》かせられるんだ」

「おいおい。融通を利かせられるって、かなり上級官僚《かんりょう》じゃないとできないだろ」

「まあ、アズラク王子には負けるけど、今は身分が高いから」

アルバートは謙遜《けんそん》してそんなことを言うけれど、彼が今の立場にいられるのは、決してそれだけではない。彼自身が有能な男だからだ。これは父も兄も口を揃《そろ》えて言っていたことなので、間違いないだろう。

普段《ふだん》のアルバートが気さくすぎて周囲で知っている人は少ないけれど、何かをやらせれば大抵こなしてしまうのがアルバートという男である。

本当はそんな彼を兄が自分の補佐官《ほさ》にしようとしていたが、そこは早く息子に侯爵の位を譲《ゆず》って隠居《いんきょ》したがった現オルドリッジ侯爵に軍配が上がった。

ようは、王太子の補佐官をやりながら侯爵位の引継《ひきつ》ぎは無謀《むぼう》なので、それを現オルドリッジ侯爵が先制したというわけだ。

それくらい、彼の能力は高い。

「これは他国の人間に言うことじゃないが、教育問題も、ファルシュは世界で遅《おく》れてる」

「だろうね。だから砂漠化の原因究明すら進んでいない」

「どの国も砂漠しかないファルシュを助けようとはしない。利益にならないからな」

それまで男二人の会話を黙って聞いていたエリアナだが、その言葉には反駁《はんばく》した。

「そんなことないわ！　ファルシュにはファルシュの良いところが、ちゃんとあるわ。だって今回お父様がファルシュを選んだのって、交易ルートを整備するためなのよ。その可能性をファルシュに見出《みいだ》したから、お父様は選んだの」

実はファルシュの砂漠を乗り越えた先には、東の大国がある。言わばファルシュはその架《か》け橋なのだが、今までは広大な砂漠が邪魔《じゃま》をして、誰《だれ》も手を伸《の》ばそうとしなかった。

それもあり、この世界は東と西の交流は海路しかない。

けれどその海路というのが、かなり危険を伴《ともな》うのだ。誰もが陸路を熱望していた。

「砂漠を乗り越《こ》えるためには、ファルシュの協力が必要不可欠だもの。それに、私はこの前初めてファルシュを訪問したけど、そのとき振《ふ》る舞《ま》ってくれた料理はどれもおいしかったわ。刺激《しげき》的な味で、初めて体験する味だったけど、あの癖《くせ》になるような味わいは絶対他にも好きな人がいると思うの。私、あれをファルシュの特産品にできないかって、わりと真剣に考えてるのよ」

料理をサーブしてくれた給仕《きゅうじ》は、質問攻《ぜ》めするエリアナに嫌な顔一つせず答えてくれたものだ。それが何十種類もある〝スパイス〟と呼ばれるものを使っていて、そのスパイスの組み合わせで独特の味を作り出しているのだと。

あまり他国と交易のないファルシュであれば、おそらくスパイスはまだ他国に知れ渡《わた》っていないだろう。

ならば、これは他国出身のエリアナだから気づけたことであり、自分が嫁いだあかつきには、必ずこれを広めようと考えていた。

「私は好きよ、アズラクの国。だってみんな親切で、みんな笑顔《えがお》だった。だからそんな悲しいこと、王子であるあなたが言わないで」

「エリアナ……」

意図せずしんみりとした空気を作ってしまい、気づいたエリアナは慌《あわ》てた。

それを振り払《はら》うように「だからね」と大げさな声で続ける。

「私たちの結婚《けっこん》は、ラドニアにとってもちゃんと利益があるの。ちゃんと対等だって、そう伝えたかっただけよ」

そう言うと、なぜかアズラクに優《やさ》しく見つめられて、エリアナの心が落ち着きをなくす。

彼のそんな表情を、前世でも今世でも見たことがなかったからだ。

なんだかだんだんと照れくさくなってきて、知らず顔に熱が集まっていく。

「……エリアナが言ったように、ファルシュは手を入れれば発展できる余地がある。でも今のファルシュにその余力はない。教育問題然《しか》り、砂漠化問題然り。しかもやるなら、長期的な計画が必要だ」

「ああ、そうだろうな。考えてはいても、俺一人の力じゃどうにもできない現実をもどかしく感じてる。ところで今、わざと割って入ったよな？」

「そりゃあね。いくら友人でも、あの顔を他《ほか》の男がさせたと思うといい気分はしない」

「逆に俺は気分がいいよ。おまえのそんな顔も見られて。前世ではおまえに勝てた例《ためし》がなかったから。……笑わせてやることもできなかった」

「前世？　なんで前世が……──まさかルーク」

「今はアズラクだ」

「わかってる。だからルークのことだ。でもじゃあ、なんであんなこと、、……？」

男たちにしか通じていない会話が繰《く》り広げられていて、これ幸いと、エリアナは顔の熱を冷ますことに集中した。

「臆病《おくびょう》だったんだ、あの頃《ころ》は。諦《あきら》めてもいた。どこかの誰かさんのせいでな。忘れるための行動なんて、人それぞれだろ？」

「だからって！　――いや、違う。今のなし。俺が詰問《きつもん》していいことじゃないね。ごめん。事情も知らないくせに踏《ふ》み込みすぎた」

「まったく、本当におまえは。これだからやりづらいんだよなぁ」

はあ、と二人のため息が揃った。

エリアナは目をぱちくりさせたが、先に回復したアルバートが話を戻した。

「とにかく、俺の言いたいことは一つだ。エリアナとの婚約の話を白紙に戻すなら、この資料提供と技術的支援《しえん》を約束する。言っておくけど、これは俺の伝手で揃えた条件だから、エリアナと結婚しても同じ条件があるとは思わないほうがいい」

「本気か、アルバート」

「本気だよ。自分でも驚《おどろ》いてるけど、本気で考えられないんだ。失う未来を。だったら俺は、自分の持てる全《すべ》てを惜《お》しみなく使う。それを卑怯《ひきょう》だと思う？」

「いや？　それは俺も同じだからな」

「え？」

どんどん話が勝手に進んでいくなか、異を唱えたのはエリアナだ。

「ちょっと待って。なんでアルバートがそんな条件を提示してるの？　これは私とアズラクの問題なのよ。今夜婚約を発表するって、私言ったわよね？」

なのに、まさか本気で婚約を止めようとしてくるとは思わなかった。

「どうしてアルバートがそこまでするの？　アルバート個人の伝手って、どういうこと？　アルバートはそんなに私の幸せを願えないっていうの？」

「個人の伝手ではあるけど、ちゃんと国王陛下の許可は取ってる。それに俺は、エリアナの幸せを願いたいんじゃなくて」

「オニーチャンは妹が心配なだけだよな？」

「……君は本当に口数が増えたね」

「お褒《ほ》めに与《あずか》り光栄だ」

「兄なら妹の幸せくらい願いなさいよ！」

「いや、だからね？」

「オニーサマ、妹さんを俺にください」

「ちょっと黙《だま》っててくれるかな、アズラク王子」

だんだん収拾《しゅうしゅう》がつかなくなってきたため、一同はいったん休戦することにした。

そもそも今日は、エリアナの誕生日パーティーなのだ。

三人仲良く部屋を出て、会場である舞踏《ぶとう》会用の広間へと向かう。

エリアナはアルバートの考えていることがわからなくて、不機嫌《ふきげん》なまま足を進めた。後ろからついてくる男二人のことは完全に置いていくスタイルである。

だから、後ろで交《か》わされる会話は、エリアナの耳には入ってこなかった。

「ところで、あの資料を今見せた俺の意図、アズラク王子ならわかってくれるよね？」

「うわ。やっぱ卑怯って言っていいか？」

「なんとでも。エリアナを説得するにも、今日の発表を先延ばしにしないと手遅《ておく》れになるところだったから、君が責任感ある王子で助かったよ」

「嫌味《いやみ》だなぁ。なあ、おまえ、前世もそんな感じだったか？　シルヴィア様のときに比べて異常だぞ。普通《ふつう》は一人のためにそこまで身を粉にすることはない」

「じゃあ逆に訊《き》くけど、普通ってなに？　エリアナを失うくらいなら、普通じゃなくても別にいいよ。もう二度と失わないようにそばにいたのに、まさかこんな形で離《はな》れられることがあるなんて思いもしなかったから、なりふり構ってられないんだ」

だから、とアルバートは宣戦布告をするようにアズラクを睨《にら》んだ。

「絶対に、他の男とは結婚させない」

言われたアズラクもまた、不敵に睨み返す。

「奇遇《きぐう》だな。俺も今世は、前世ほどお人好《ひとよ》しじゃない」

そうして互《たが》いに視線を逸《そ》らさずにいたとき、少し先を行ったところから彼らを呼ぶエリアナの声が届いた。

「もう、何してるの二人ともー？　足長いんだからもっと速く歩けるでしょ」

よくわからないその文句に、二人はようやく互いから視線を外した。

二人が考えることは同じである。

彼女を他の男には渡さない。遠くから彼女の幸せを願うつもりはない。

ただ。

「「エリアナを幸せにするのは、俺だ」」

拳《こぶし》を突《つ》き合わせて、二人はエリアナの許《もと》へと急いだ。


会場に戻《もど》ったエリアナは、自分へとすかさず伸びてきた手の持ち主を見て、その手を取るか否《いな》か一瞬《いっしゅん》だけ迷った。

でも彼と踊《おど》れるのはこれが最後だろうと思い、そっと重ねる。

その瞬間、予想外にしっかりと手を握《にぎ》りしめられて、心臓がドキッと跳《は》ねた。

「ありがとう、受け入れてくれて」

どうして。

どうしてそんなことを、アルバートは寂《さび》しげに微笑《ほほえ》みながら言うのだろう。

エリアナが彼と踊るのはいつものことだ。同じ舞踏会に出席していて、彼と踊らないことのほうがない。

なのに――。

手をひらひらと振《ふ》るアズラクに見送られて、二人はダンスホールへと進んでいく。

今夜の主役が戻ってきたからか、それとも社交界で人気の貴公子が現れたからか、周囲からの視線を強く感じる。

しかしアルバートはそれを気にした様子もなく、泰然《たいぜん》とステップを踏み始めた。

「ごめんね、エリアナ」

「え？」

「前に俺、エリアナを怒《おこ》らせたでしょ。もっと早く謝りたかったんだけど、結局今日まで謝れなかった。だから、それも合わせて、ごめん」

「ううん、私もごめんなさい。怒鳴《どな》ることじゃなかったわ」

「いや、君が怒るのも当然だよ。君は俺に婚約を祝ってほしかっただけなのに、俺がそれを拒絶《きょぜつ》したから」

動揺《どうよう》でステップを間違《まちが》えないよう、エリアナは下を向いた。

けれどすぐに腕《うで》を引き上げられ、強制的に顔を上げさせられる。

「ダンスなら俺がいくらでもフォローするから、お願い、今は俺を見て」

「アルバート……？」

やはり彼はどこか寂しそうな表情をしている。

その顔にエリアナが弱いことを、彼は知っているのだろうか。

前世も今世も、彼の弱った顔には弱い。

だっていつも笑っている彼がそんな表情を見せるのは、エリアナの前だけだった。幼い頃から一緒《いっしょ》にいるから、そのおかげだろうとは思うが、それでもエリアナは彼が心を許してくれているみたいで嬉《うれ》しかったのだ。

弱っている彼にこんなことを思うのは、不謹慎《ふきんしん》かもしれないけれど。

「どうしたの、アルバート。あのときは私も感情的になってただけなの。だからお互い様ってことにしましょう？」

お互いが悪かった。きっとそれが、一番いい決着の付け方だろう。

ただ。

「ただね、一つだけ、お願いがあるの。ずっと一緒にいたあなたに祝ってもらえないのは、やっぱり辛《つら》いから。婚約《こんやく》が成立したら、せめて『おめでとう』くらいは言ってね？」

そうすれば、きっとアルバートのことを吹《ふ》っ切れる気がするから。

「ずっと一緒にいた、か。エリアナは、本気で他国に行くつもりなんだね？」

「ええ、そうよ。ここは少し、未練がありすぎるから」

「どうして？　未練があるならずっとここにいればいい。俺たちはずっと一緒だって、約束したじゃないか」

「それは前世の話よ」

「なら今世でも約束しよう。ずっと一緒にいたいんだ」

ああ、なんだか話が戻ってしまっているような気がする。

彼に引き止められたくないから、あのときエリアナは怒鳴ってしまったというのに。

「あのね、アルバート。いくら前世で兄妹《きょうだい》のように育ったからって、今世ではあなたにも家族がいて、本当の妹だっているじゃない。紛《まが》いものの家族に縛《しば》られる必要はないのよ」

そのとき、腰《こし》に回る彼の手がぐっと力強さを増した気がした。

「紛いものなんかじゃない。妹だから、こんなことを言ってるわけでもない。……これは、俺のことを兄だと慕《した》ってくれる君に言うことじゃないかもしれないけど——ごめん、俺はもう、君の兄をやれる自信がないんだ」

「……え？」

「兄だろうと引き離される未来なら、兄になった意味はないよ」

「なにそれ……どういう意味？」

突然《とつぜん》の展開に頭が追いつかない。詳《くわ》しく意味を訊きたいのに、こういうときに限ってターンがやってくる。少しだけ足がもつれたが、宣言したとおり彼がフォローしてくれた。

「ねぇアルバート、さっきのどういう意味？　確かに自分で紛いものとは言ったけど、紛いものすら要《い》らないってこと？」

そんな酷《ひど》い話があるだろうか。だったら今まで培《つちか》ってきた絆《きずな》はなんだったというのだろう。

なんのために、想《おも》いを隠《かく》してきたというのだろう。

彼の想い人にもなれなくて、彼の家族にもなれなくて。

最初から何者でもなかったのなら、誰《だれ》に遠慮《えんりょ》することなくこの気持ちを伝えたのに。

その結果壊《こわ》れるもののことを、心配する必要もなかったのに。

でも、本当は解《わか》っている。

それらが全《すべ》て、本当は、自分にただ勇気がなかっただけの話であることは。

エリアナに、リジーに、ほんの少しでも勇気があれば、どんな状態だろうと想いは告げられたはずなのだから。

「違うよ、エリアナ。言っただろ。紛いものなんかじゃないって。君を要らないと思ったこともない。ただ前世の俺たちは、本当に狭《せま》い世界でしか生きてこなかった。君と一緒にいるための最善が、〝家族〟だと信じて疑わなかっただけなんだ。だって俺も君も、自分にない〝家族〟という存在に憧《あこが》れて、〝家族〟というものを知らなかったからこそ、それが万能《ばんのう》に見えていたから」

曲がもうすぐ終わる。

終わったら、この手を離《はな》さなければならない。

「でも今は〝家族〟だって万能じゃないことを知った。俺は君の幸せを願いたいんじゃない。俺の手で、君を幸せにしたいんだ」

エリアナは自分の耳を疑った。今、まるで愛の告白のような言葉を贈《おく》られた気がするけれど、これは本当に現実だろうかと疑った。

(夢？　自分に都合のいい夢を見てるの？)

いや、と小さく頭《かぶり》を振る。

夢ではない。現実だ。握った手や腰から伝わる彼の温《ぬく》もりは、夢では味わえないものだ。

だったら答えは一つだろう。シスコンが高じて、ついに恋人《こいびと》に言うようなセリフまで出てしまっただけ。

アズラクという妹を奪《うば》う存在を身近に感じて、アルバートも無意識に焦《あせ》っているのかもしれない。

(期待して落とされること何年だと思ってるの。もはや期待を殺すプロよ、私は)

エリアナは完璧《かんぺき》な笑《え》みを貼《は》りつけた。

「ありがとう、アルバート。あなたにそう言ってもらえて嬉しいけど、それはやっぱり、かわいがっている妹が突然自分から離れていこうとしてるって知った兄がショックを受けただけの、一時的なものよ」

そうとしか考えられない。これまでの彼の言動を見ていれば。

だからね、とエリアナは続けた。

「お互《たが》い、もう解放されましょう？　アルバートは妹離れして、私は兄離れするの。そしてお互い、それぞれ幸せになりましょう？　前世に縛られず、今世を自由に生きるの。遠くからあなたの幸せを祈《いの》っているから、あなたも遠くから、今世の幼馴染《おさななじみ》として、私の幸せを祈ってくれると嬉しいわ」

今度はタイミング良く、曲が終わりを告げる。今は一刻も早くこの繋《つな》がった手を離したくてたまらなかった。

マナーに則《のっと》り、二人は互いに一礼する。

そのあとすぐにエリアナを呼び止めようとするアルバートを振り切って、エリアナは足早にダンスホールを抜《ぬ》けた。

(どこか、どこかないの。どこでもいいから)

肩《かた》で風を切りながら、思い立ったテラスへと続く窓に向かう。

（まだだめよ。まだ、まだ泣いちゃだめ）

勢いよくテラスに出る。今夜の美しい満月の下で愛を囁《ささや》き合っていただろう男女が、そんなエリアナに驚《おどろ》いて道を譲《ゆず》ってくれた。

申し訳ないと思う余裕《よゆう》もない。

喉元《のどもと》から熱がせり上がってきて、鼻の頭がじんと痛んでいる。その痛みで、目頭《めがしら》に熱い雫《しずく》が溜《た》まり始めた。

これを落とすわけにはいかない。王女としてもそうだけれど、彼を好きな一人の女としても、彼に涙《なみだ》を見せるわけにはいかないから。

庭園へ続く階段を急いで下りる。ドレスのせいで思うようなスピードが出ないのがもどかしい。

案の定、ドレスの裾《すそ》に躓《つまず》いた。

「おっと。なんだよ、前世と違って危なっかしいな」

危《あや》うく階段を転げ落ちるところだったが、誰かが助けてくれた。いや、知っている。この声はアズラクだ。

彼はエリアナの傾《かし》ぐ身体《からだ》を、逞《たくま》しい胸板《むないた》で受け止めてくれたらしい。

お礼を言いたいのに、口から出たのは嗚咽《おえつ》だった。

「うっ、うぅ～～っ」

「ああ、はいはい。わかってるよ。思う存分泣いても問題ない。誰もいない」

最後のひと言で、堪《こら》えていた涙がどっと溢《あふ》れ出す。

「なんで……っ。なんでなのっ。なんでアルバートは、あんなこと言うの」

兄ではいられないなんて。

俺が幸せにしたいいだなんて。

「ずっと妹だって、言ってたくせに……！」

なぜ、こちらが勘違《かんちが》いしたくなるようなことばかり口にするのだろう。

「私が、いつまでも笑ってると思わないで。私がいつまでも、隠してられると思わないでっ。私だって好きなのに！　そう言って困るのは、アルバートのほうでしょ⁉」

ずっとそう叫《さけ》びたかった。

ずっとそう叫んでやりたかった。

期待するようなことを言われるたび、されるたび、そうぶちまけて、いっそのこと彼を困らせてやりたかった。

「――だったら」

そのとき、いきなりアズラクに両頬《りょうほほ》を摑《つか》まれて、彼と視線を合わせられる。

「だったら、俺を好きになれ。あいつと物理的に距離《きょり》を置くだけじゃ、何も解決しない。それなら心も、あいつから離してしまえ」

赤い瞳《ひとみ》が燃えている。触《ふ》れたら火傷《やけど》しそうなほどの熱に、射貫《いぬ》かれていると思った。

「おまえは諦《あきら》めたいんだろう？　距離だけなんて生温《なまぬる》いことをするな。それが簡単じゃないことはわかってる。でも、荒療治《あらりょうじ》でもしないと、おまえはいつまでたってもあいつを忘れられない。そうだろ？」

「…………」

確かに、アズラクの言うとおりかもしれない。今まで何度も諦めようとしたのに諦められなかったのは、緩《ゆる》やかな変化を望んだからだ。

エリアナが、アルバートとの関係を壊したくないと望んだからだ。

好きな想いだけ忘れたいなんて、虫の良すぎる話だったのだろうか。

「でも私、距離を置く以外に忘れる方法なんて思いつかないもの」

「だから俺を好きになれって言ったんだろうが」

なぜかアズラクが呆《あき》れた目をした。

「失恋《しつれん》には新しい恋。相場はそう決まってる」

「そうなの？」

「ああ」

「……でも、アズラクはそれでいいの？　あなた、別に私のこと好きじゃないでしょ？　だったら結婚《けっこん》を早めてくれるとか、そういうのでいいんだけど」

「俺が良くない」

「どうして？」

純粋《じゅんすい》に思って訊《たず》ねれば、彼は初めて見るような苦笑《くしょう》を浮《う》かべた。

いや、どんな表情も、前世の彼に比べれば初めて目にするようなものばかりだ。

「さあ、どうしてだろうな。ちなみに一つ訂正《ていせい》すると、誰《だれ》もおまえのことを好きじゃないとは言ってないぞ」

ますます意味がわからなくなってしまった。

好きじゃないと言っていないなら、そこに潜《ひそ》む感情はなんだろう。どうして彼はここまでしてくれるのだろう。

(私が、婚約者候補だから？　それとも、前世の友人だから？)

だとしたら、彼はお人好《ひとよ》しすぎる。

エリアナはなるほど、と思った。

「あなたが前世でモテてた理由、今やっとわかった気がする」

「嘘《うそ》だろ。むしろわかってなかったのか」

「ふふ」

まさかこの局面で笑えるなんて思ってなかったエリアナは、アズラクをじっと見つめた。

「なんだ？」

確かに彼の言うとおり、失恋には新しい恋《こい》が——恋でなくとも、新しい何かが必要なのかもしれない。

アルバートのことを考える暇《ひま》もないくらい、何か夢中になれることが。

「アズラクは、失恋したことある？」

「なんだ、急に」

「他《ほか》の人はどうやって立ち直ってるのかと思って」

「……俺のは参考にしないほうがいいぞ」

「ということは、あなたも失恋したことがあるのね？」

じーっと、互いの瞳を見つめ合う。

そのときアズラクの瞳の奥で、何かがわずかに揺《ゆ》れたような気がした。

エリアナはその瞳を知っている。前世で彼に本命をつくらないのか訊《き》いたときに、無言で見つめられたときと同じ瞳だ。

「……そうだな、その前に一つだけいいか」

「？」

「この月の女神《めがみ》も祝福している佳宵《かしょう》に、男女が、抱擁《ほうよう》を交《か》わすこの状況《じょうきょう》。どう思う？」

「…………」

言われたことを嚙《か》み砕《くだ》こうと、一瞬《いっしゅん》頭が真っ白になった。

「俺としては？　相手が婚約者候補なわけだし、ここはキスの一つでもするのが礼儀《れいぎ》だと思うわけだが？」

するりと耳の裏を撫《な》でられて、エリアナの頭はやっと回り始めた。

慌《あわ》てて身体を離《はな》そうとする。

「ま、待って！　ごめんなさい。わざとじゃないの」

なのに、どうしてかアズラクが放してくれない。

「知ってる。おまえはそういうことができない女だからな」

「そういうことって何。というより、知ってるならなんで顔を徐々《じょじょ》に近づけてくるのかしらっ」

「俺は礼儀を重んじる男だ」

「礼儀を重んじる男性は訓練をさぼらないわよっ」

「それは前世の話な。それに現実問題、結婚式でするだろ？」

エリアナは抵抗《ていこう》していた手をぴたりと止めた。

す、と真顔になる。

「それもそうね」

「慣れておくにこしたことはない。前世でも今世でも、おまえは初めてだろ？」

「なっ、なんで私が初めてって決めつけ――」

「したことあるのか？　嘘だろ？　まさかエリクと？　それともアルバート？　一番思いたくないが、他の男のわけないよな？」

そう訊ねてくるアズラクを、エリアナは少し怖《こわ》く感じた。

本当に前世の無口無表情はなんだったのかと言えるくらい、矢継《やつ》ぎ早《ばや》に感情をぶつけられる。

「……い」

「なんだって？」

「だからないって言ったの！　悪かったわね経験なくて！」

羞恥《しゅうち》に震《ふる》えながら答えれば、アズラクは勢いに押されたようにぽかんとしたあと、くつくつと喉《のど》を鳴らし始めた。

「なんだよ、焦《あせ》った。まあ、だよな。小猿《こざる》だもんな」

「婚約者候補にその言い草はないと思うわ」

「ならなおさらいいじゃねぇか。本番でおまえが失敗しないためにも」

エリアナは逡巡《しゅんじゅん》する。政略結婚するのなら、確かにアズラクの言い分は間違ってはない。どのみち一番好きな人とキスができるなんて夢みたいなこと、前世ですでに諦めている。だったら、衆人の中で失敗して、自分もアズラクも恥《はじ》をかくよりは、あらかじめ練習をしておいたほうがいいだろう。

（いい、はずなんだけど）

脳裏《のうり》にアルバートの顔が浮かぶ。

心が彼以外とのキスを拒《こば》んでいる。

だからこそ、思った。

（これ、本当に慣れておかないと、絶対本番で拒絶《きょぜつ》するわ、私）

今でさえ、少しでも気を抜《ぬ》けばアズラクを押し返してしまいそうだ。実際に押し返せるかどうかは置いておくにしても、エリアナの手は彼を拒む。

今世で幸せを摑《つか》むと決めたのは、他ならぬ自分のはずなのに。

（アズラクだって私のこと好きじゃないのに、練習に付き合ってくれるのよ。互《たが》いにそうなら、持ちかけた私が拒絶するなんてありえないわ）

アズラクだって好きでこんな提案をしているわけではない。

むしろ、アズラクがエリアナを好きだったら、エリアナはこの提案を絶対に受け入れなかっただろう。

他の人を想《おも》っている人を好きになってしまう辛《つら》さは、身をもって知っているから。

期待させられることがどんなに辛いことか、よく理解している。

だから、アズラクがそうだったら、エリアナは婚約の話自体白紙に戻《もど》すつもりだ。

「ねぇアズラク、私も一つ確認《かくにん》していい？」

「なんだ?」

「さっきから自然と結婚《けっこん》の話をしてるけど、じゃあ、アルバートのあの話は断るの?」

「いや? あれはあれで魅力《みりょく》的な話だからな」

アズラクの精悍《せいかん》な顔が近づいてくる。

「俺は強欲《ごうよく》なんだ。これは何も手に入れられなかった前世の反動だろう。だからおまえも、あの話も、俺は両方手に入れる」

驚《おどろ》いて目を瞠《みは》った。それはあのアルバートを敵に回すと言っているも同然だ。

約束の反故《ほご》は誰であってもいい気はしない。

「俺はもう手段は選ばないと決めてる。そのときはおまえにも手伝ってもらうことになるが、まあ、相手がアルバートなら勝ち目はある」

それこそ信じられない話だった。

アルバートは父王も一目置いているほどの有能な男である。だからこそあの交渉《こうしょう》の材料となった話の許可を、父王だって出したのだろうから。

「それで?」

二人の間に、もうほとんど距離《きょり》はない。

両頬《りょうほほ》を大きな手で包み込まれて、至近距離で問われる。

「覚悟《かくご》はできたか、エリアナ」

覚悟。覚悟とは、いったいなんの覚悟だろう。

アルバートを忘れる覚悟。心を殺す覚悟。それとも、アルバート以外の人とキスをする覚悟か。

最初の覚悟なら。

「できてるわ。でなきゃ、政略結婚なんてしないもの」

「はっ、上等」

願わくは、この空虚《くうきょ》なキスを、満月だけが知っていますように——。

第8話　真実は誰《だれ》のためにも存在しない

パーティーでエリアナとダンスを踊《おど》ったあと、アルバートは足早に自分から離れていく彼女を呼び止めようと、彼女を追いかけた。

気づいてしまったからだ。彼女が最後、完璧《かんぺき》とも言える微笑《ほほえ》みを浮《う》かべたあと、一瞬だけ泣きそうな顔をしたことに。

他《ほか》の人間なら気づかなかっただろうが、エリアナと長く一緒《いっしょ》にいるアルバートにそれを見破ることは容易《たやす》かった。

でもアルバートは、決してそんな顔をさせるつもりはなかった。

兄だと思っていた男から口説かれて、彼女が戸惑《とまど》うことは予想していた。

それに、彼女にとって自分は、前世で仕えていた領主の娘《むすめ》の元恋人《こいびと》だ。やっと気づけた自分の本心をストレートに伝えても、余計に混乱させることもわかりきっていたことである。

だからなるべく混乱させないよう、少しずつ伝えていくつもりだったのに、彼女が見せた反応は予想と異なるものだった。

(あんな、泣きそうな顔……)

心配になってすぐに彼女を追った。

けれど、やはり現実はうまくいかない。狙《ねら》っていたように数人の令嬢《れいじょう》に行く手を阻《はば》まれた。

「こんばんは、アルバート様。先ほどの王女殿下《でんか》とのダンス、とても素敵《すてき》でしたわ」

「アルバート様とは久々にお会いしますから、少しお話でもいかが？」

「そういえば、アルバート様はまだ婚約者《こんやくしゃ》をお決めにならないのですか？」

次から次へと質問を浴びせられて、アルバートの内心は穏《おだ》やかではなかった。

「申し訳ありません、レディ方。急用があるので今は失礼します。今度お詫《わ》びさせていただきますので」

侯爵《こうしゃく》である父から紳士《しんし》たれと教え込まれてきたアルバートは、基本的に女性を無下にはしない。

前世で騎士《きし》だったこともあり、女性は守るべき存在という意識も強い。

が、今はそんな教えも意識も、エリアナを諦《あきら》める理由にはならなかった。

「お詫びは必要ございませんから、少しだけ、少しだけ、わたくしたちの相手をなさってくださいな」

「そうですわ。アルバート様も婚約者を見定める良い機会だと思いますの。幼馴染《おさななじみ》の王女

「そういえば、今夜のパーティーにはファルシュ王国のアズラク王子も参加されてますね」
アルバートは少し黙考《もっこう》してから、口を開く。
さすがに何かがおかしいと感じた。
アルバートがどう断りを入れても、令嬢たちはアルバートの行く手を塞《ふさ》いでくる。
(どうしよう。全然放してくれない……)
じくこの「～たれ」という〝教え〟を好ましいとは思っていなかったが。
アルバートとしては、素《す》の彼女のほうが生き生きとしていて好きなので、エリアナと同
たのを知っている。それは前世の記憶《きおく》のせいだが、そんな彼女でさえ外では教えを守って
いた。
それは王女であるエリアナも同じで、彼女がよく「私には無理よ」と愚痴《ぐち》をこぼしてい
えられることが多い。
この時代、男性貴族が紳士たれと教えられるのと同様に、女性貴族は慎《つつ》ましくあれと教
だったからだ。
し、遠回しに婚約者に立候補されることもあったけれど、ここまで強引《ごういん》なやり方は初めて
アルバートは困惑《こんわく》した。確かに今までの夜会でもこうして話しかけられることはあった
「わたくしたちだけでなく、貴族の娘は皆《みな》、このときを待っておりましたのよ」
殿下は、お噂《うわさ》では他国に嫁《とつ》がれるというではありませんか」

脈絡《みゃくらく》のない話題だ。驚くならわかる。しかしここで令嬢たちが一様に見せた反応は、視線を泳がせるというものだった。

（やっぱりか！）

アズラクはアルバートに言った。自分を卑怯《ひきょう》だと思うかと訊《き》いたとき、俺も同じだと。

（あれはこういう意味……お互《たが》い様にしてもこれは腹立つな！）

アルバートは紳士の仮面をかなぐり捨てて、エリアナの消えた方向へと急いだ。

テラスを出たところまでは見ている。

そうして追いかけた先、階段を下りている途中《とちゅう》で視界に入った光景に、アルバートは立ち尽《つ》くした。

ちょうどエリアナは後ろを向いていたけれど、しっかりとアズラクの腕《うで》の中にいて、二人は互いの顔を寄せていた。

どう見ても、キスをしている。

でなければ、あの距離の近さはなんだというのだ。

キス以外であんなに互いの顔が近づくことなどありえない。

極《きわ》めつけは、アルバートに気づいたらしいアズラクの、意地悪く弧《こ》を描《えが》いた瞳《ひとみ》――。

（あれは絶対俺を見て笑ってた。幸い、パーティーで婚約発表はされなかったけど）

昨夜のことを思い出して、アルバートは執務机《しつむづくえ》に向かってため息をつく。

ため息をついただけでこの胸の痛みも出て行ってくれるなら、いくらでもため息をつきたい気分だ。

それくらい、アルバートにとってエリアナのキスシーンは応《こた》えている。

（こんな感情、初めてだ）

心が引き裂《さ》かれたように痛くて、腹の中がどろどろとした黒い炎《ほのお》で灼《や》かれそうな、こんな感情は。

頭の中の妄想《もうそう》で、もう何度昨夜のアズラクからエリアナを奪《うば》い、彼女の唇《くちびる》に上書きしたことだろう。

病は気からと言うけれど、どうやらこれは恋の病にも適用されるものだったらしい。

エリアナへ向ける自分の感情の正体に気づいてしまったから、こんなことになっている。

そして気づいてしまったら、もう気づかなかった頃《ころ》には戻《もど》れない。

（エリアナに会いたい。たとえエリアナがアズラク王子を選んだとしても、まだ婚約が成立していない今が最後のチャンスだ）

アズラクがこちらの条件を呑《の》むかどうかは怪《あや》しくなってきている。

だからこそ、あの場面で彼は笑ったのだろうから。

（そう、会いには行きたいんだけど……）

アルバートは別の意味で長い息を吐《は》き出した。

「グレイさん、なんかまた王宮メイドが来てますけど」

そう言って隣《となり》の部屋から顔を覗《のぞ》かせたのは、自分の補佐《ほさ》をしてくれている部下の一人だ。

アルバートは額を押さえた。

「呼んでない。丁重《ていちょう》に自分の仕事に戻ってもらって」

「かしこまりました」

先ほどからずっとこれだ。まるでアルバートを執務室から出さないために訪ねられているとしか思えない。

自分への来客が途絶《とだ》えないため、アルバートは仕事を終えても休憩《きゅうけい》時間にすら入れなかった。

というのも、何も訪ねてくるのがメイドだけではないからだ。男も女も役職も職種も関係なく、彼らはむしろアルバートが用があると聞いたから、と言ってやって来る。

しかしアルバートはそんな用事もなければ、誰《だれ》かにそんなことを頼《たの》んだ覚えもない。

嫌《いや》な予感がしてネイトに調べさせれば、案の定アズラクの仕業《しわざ》だった。

（あいつ……！　本当にいい性格してる。むしろ前世のほうが性格良かったんじゃないか？）

いくらここが他国で、自分の採れる作戦が限られているとはいえ、まさかこんな手を使われるとは思ってもいなかった。何がなんでもエリアナと自分を近づけたくないらしい。

たまに仕事関係の人間を寄越《よこ》してくるのが、本当に厄介《やっかい》だった。

「ネイト」

「はい、アルバート坊《ぼっ》ちゃん」

「坊ちゃんはやめてって何回も言ってるだろ」

「ですが、他国の王子にしてやられているこの状況《じょうきょう》は、残念ながら坊ちゃんと呼ばざるを得ませんねぇ」

ぷぷ、と侍従《じじゅう》の含《ふく》み笑いが癇《かん》に障《さわ》る。

怒《いか》りのまま決裁書類に署名をしたら、いつもより字が乱れたけれど気にしない。

「図書館に行ってくる。どうしても仕事の話だという人には少し待っててもらって。参考資料を取りに行くだけだから」

「それなら私が行きますが」

「息抜《いきぬ》きくらいさせて」

「承知しました」

主《あるじ》の荒《あ》れ具合を察したらしい侍従は、あっさりと引き下がってくれた。

王宮の政務棟《とう》に与《あた》えられている自分の執務室から出ると、アルバートは人目を避《さ》けるように図書館へと向かう。

ないとは思うけれど、アズラクの仕業ではない本当の急用が入ることもあるため、資料を選んだらさっさと戻らねばならない。

なら仕事の定時後に会いに行けばいいのだが、その時間帯はアズラクが予約を入れているらしく、エリアナの侍女にすげなく断られている始末だ。

おそらく昼間はアズラク自身も外交に勤《いそ》しんでいるため、エリアナの許《もと》には行けないのだろう。その間にエリアナを取られないよう、こんな小細工をしているというわけだ。

(いったいどんな手を使ってるんだか)

侮《あなど》れないライバルである。それだけ彼女のことを本気で想《おも》っているということなのだろうが、アズラクはあくまで政略結婚《けっこん》の体《てい》を崩《くず》さないつもりらしい。

(アズラク王子が何を考えてるのか、いまいち摑《つか》めないな)

アルバートに対する態度を見れば、すぐにエリアナに想いを告げてもおかしくはないというのに。

そこで昨夜の二人のキスを思い出してしまい、アルバートは無言で青筋を立てた。目撃《もくげき》した当初はショックが大きく何も考えられなかったが、時間が経《た》つにつれ苛立《いらだ》ちばかりが湧《わ》いてきている。

なぜなら、アズラクはおそらくあの場面をアルバートに目撃させるために、貴族令嬢《れいじょう》を利用して妨害《ぼうがい》工作を行ったに違《ちが》いないからだ。

やがて図書館に着くと、アルバートは迷いなく奥へと歩を進めた。

王宮にある図書館は、そのほとんどが小難しい資料ばかりで、エンターテインメント性に溢《あふ》れる小説などは置いていない。それを求める者は皆《みな》、街中の図書館へと足を運ぶ。

ゆえにこの図書館を訪《おとず》れる者は、だいたい仕事のための資料探しを目的としており、ここが多くの人で埋《う》まるところは見たことがない。

今日もやはり人の少ない図書館は、少しだけアルバートの気を落ち着かせてくれた。

本の発する独特の匂《にお》いを感じながら、アルバートはまず、世界の地理に関連する本を求めて一番奥の本棚《ほんだな》へ身を寄せる。

と、ちょうどそこに見慣れた背中を見つけた。

「エリアナ？」

予想外すぎて若干《じゃっかん》声が裏返ってしまう。

「ア、アルバート？」

どうやら向こうも想定していなかった出会いらしく、目をまん丸に見開いている。

彼女に会えただけで、心が自然と浮《う》き立った。

「何して……上の本が欲しいの？」

「え、ええ」

なんとなく彼女の態度がよそよそしい気がしたけれど、立ち去るなんてもったいないことはしなかった。

一応この図書館には高い位置の本を誰《だれ》でも取れるようにと、脚立《きやたつ》が端《はし》に準備されている。声を掛《か》けるまで背伸《せの》びをして本を取ろうとしていたエリアナは、おそらくその脚立の存在を知らないのだろう。

(それもそうか。王女が自ら本を取りに来るって、常識であればないよな)

エリアナもそこは弁《わきま》えて、今まではメイドにお願いしていたはずだ。自由にできないのは不便だけど、使用人たちから仕事は奪えないから仕方ない、とはいつかの彼女が嘆《なげ》いていたことである。

「珍《めずら》しいね、エリアナがここに来るなんて」

率直《そっちょく》な疑問を口にすれば、エリアナは困ったように視線を下げた。

「そうね。息抜きというか、なんというか」

その表情があまりにも悲愴感漂《ひそうかんただよ》うものだったから、アルバートは昨夜のことも忘れて心配せずにはいられない。

「何かあったの？　俺で良ければ聞こうか？　とりあえず、本はこれでいい？」

「あ、ええ。ありがとう」

「どういたしまして」

今度からは脚立を使うといいよ、とアドバイスしようと思ったが、エリアナに脚立を使わせる不安が頭を過《よぎ》る。

彼女はたまに前世の感覚が抜《ぬ》けないようで、騎士《きし》だった頃《ころ》と同じ感覚で動いてしまい、結果怪我《けが》をすることが少なくないのだ。

「うーん。あのね、エリアナ。一応ここには脚立があるから、それを使えば高いところの本も取れるようになってる。でもあまりお勧《すす》めはしないかな。慣れた人か、背の高い人に頼むほうが効率的だよ。俺でもいいし」

親切心というよりは、ほとんどそうしてほしいというお願いの気持ちを込めて言った。

すると、エリアナがくしゃりと顔を歪《ゆが》める。また彼女の泣きそうな顔を見て、心が無様にも冷や汗《あせ》を流し始めた。

「ごめん、エリアナ。俺また何かした？　したんだね？　ちょっと最近自分が自分じゃないみたいに感情のコントロールが取れてないから、何かしたなら遠慮《えんりょ》なく言って。何も言われずに嫌《きら》われるほうが嫌だから」

けれど、エリアナは首を横に振《ふ》る。

幸いにしてその紫《むらさき》の瞳《ひとみ》から涙《なみだ》が零《こぼ》れることはなかった。

「違うわ。誤解させたならごめんなさい。ただ、あなたはいつもそうやって私の意思を尊重してくれてたんだなって、今さら気づいたから」

「え？」

「脚立よ。教えなければ私は知らないままだったのに、教えてくれたでしょう？　その上でお勧めはしないって、私の選択肢《せんたくし》を最初から取らないでくれたわ」

「それはまあ、エリアナは自分で決めたいかなって思ったから。他《ほか》に選択肢があるのに知らないんじゃ、選ぶこともできないでしょ？　それはエリアナの可能性を潰《つぶ》すことにもなるから、俺はあんまりしたくないかな。王女だからって全《すべ》て決められたものの中で生きるのは、退屈《たいくつ》だろうしね」

「そうね……アルバートは本当、そういうところよね」

「それは褒《ほ》めてる？」

「褒めてるわよ。なんでこんなときに気づかせるのって、腹立たしいくらいに」

「それは褒めてるって言わないよ、エリアナ。何かあったんだね？」

彼女を問いただせば、こちらの原因もまたアズラクだった。

曰《いわ》く「何も教えてくれない」と。

婚約のこともそう。アルバートとの交渉《こうしょう》のこともそう。

アズラクは、全て任せろと言って、エリアナは部屋で大人しくしているようにと言ったそうだ。

「生粋《きっすい》の王侯《おうこう》貴族の女性なら喜んだでしょうけど、私はただ待つだけなんて性《しょう》に合わないわ」

「お転婆《てんば》のリジーだからね」

「あえて今は否定しないでおこうかしら。結局婚約発表もしなかったけど、私、そんなこと聞いてなかったのよ？　パーティーが終わったあとに問い詰《つ》めてやったら、アズラクってば笑ってはぐらかすのよ」

ちく、とここで胸が少しだけ痛んだのは、パーティーのあとも二人が一緒《いっしょ》にいたことを知ってしまったから。

二人の甘い時間を想像しそうになって、アルバートは振り払《はら》うように口を開いた。

「じゃあもしかして、ここにいるのはアズラク王子に反抗《はんこう》するため？」

「そうよ。よくわからないけど、今は部屋にいろってうるさいから。だめって言われれば言われるほどやりたくなるのが私よ」

「それは自慢《じまん》げに言うことじゃないような気もするけど」

ただアルバートは、アズラクがエリアナにそう言った理由を、考えなくてもわかってしまった。間違いなく自分と会わせないためだろう。

そんなことで簡単に諦《あきら》めると思われているなら心外だ。彼女だけは何があっても失うことを考えられないのだから。

ここで彼女の幸せを願って失えるくらいなら、前世、あんな終わり方はしなかった。

「ところでアルバート」

無意識に彼女を見つめていたら、急に視線が合ってドキリとする。

「な、なに？」

「あなた、ここのこと詳《くわ》しい？」

「それはまあ、資料を探しにふらっと立ち寄ることもあるから」

「じゃあちょっと付き合って」

どうやらエリアナはファルシュについて知るため、この図書館に来ていたらしい。少しは話せるとはいえ、まだまだ拙《つたな》いファルシュ語をマスターしたいと言う。

他にもファルシュの歴史、文化など、事前に勉強しておきたいからと言い、そのための参考資料がどこにあるのか教えてほしいとのことだった。

アルバートは迷いなくエリアナを案内していくと、それぞれの本棚から初めてでもわかりやすい資料をいくつか選んで渡《わた》した。

「さすがアルバート。躊躇《ためら》いなく選んだわね。もうここにある本、全部読んだとか？」

「まさか。外交部に勤めてるからね、その関係だよ。でもエリアナが努力家なことは知ってたけど、君の婚約《こんやく》に反対してる俺に頼《たの》むなんて、ちょっと酷《ひど》くない？」

「それとこれとは別よ。司書に訊《き》いたら抜け出したのがバレるから困ってたのよ」

「え？　アズラク王子にだけ秘密で抜け出したんじゃないの？」

そういえばいつもの侍女《じじょ》がいない、とアルバートはそこで初めて気づく。

「扉《とびら》の外にはファルシュの騎士もいるのよ。だからアデルに協力してもらって、王族専用の抜け道を使って出てきたの」

「待って。それ、ユーインには」

「ユーインには伝えてるから大丈夫《だいじょうぶ》よ」

「そう。それならいいけど」

「……本当にアルバートは、ユーインが一番なのね」

「いや、俺というより、ユーインが一番エリアナに関してうるさいからね。そしていつもその文句が俺のところに来るんだよ……」

口端《こうたん》から乾《かわ》いた笑《え》みが漏《も》れる。

「ユーインは俺を敵視しすぎだと思う」

「ぷっ」

げんなりとして口に出せば、エリアナから小さく吹《ふ》き出す声が聞こえた。

少し前までは当たり前のように享受《きょうじゅ》していた彼女の笑顔を久々に見た気がして、なんとなく心がむず痒《がゆ》くなる。

それを誤魔化《ごまか》すように、わざと唇《くちびる》を尖《とが》らせた。

「今笑ったね？」

「ふふ、いいえ？　アルバートの自業自得《じごうじとく》だと思うわ」

「うっ。でもまあ、俺もそう思うから、こんなことエリアナにしか言わないよ」

「……アズラクにも？　記憶《きおく》があるのは私だけじゃなかったわ」

「アズラク王子に話すようなことでもないけど……そうだね、たとえ他に適任がいたとしても、エリアナだけかかな。俺の情けないところなんて、エリアナだけが知ってればいいよ」

そう言って笑えば、エリアナはなぜかきゅっと唇を噛《か》んだ。まるで何かを堪《こら》えているみたいで、薄桃色《うすももいろ》のそれが白くなっていく。

「エリアナ？　だめだよ、そんなにきつく噛んだら……」

意図せず視界に入れてしまった彼女の唇に、再び昨夜の出来事が蘇《よみがえ》る。

外は闇《やみ》に包まれ暗かったこともあり、決定的な瞬間《しゅんかん》は見ていない。

でもあの距離《きょり》で、あの角度で、キスでなかったならなんだったというのだろう。

彼女に伸《の》ばした手が、親指が、無意識に彼女の下唇をなぞった。

「ア、ル、バート？」

このかわいらしい唇で、アズラクのものを受け止めたのかと思うと、忘れていたはずのドス黒い感情が再燃し始める。

彼女が参考資料で手が塞《ふさ》がっているのをいいことに、そのまま本棚《ほんだな》へと追いつめた。

「ねぇ、アルバート、やめて。いきなりどうしたの」

「いきなりじゃないよ。昨日からずっと気になって夜も眠《ねむ》れなかったんだ。昨日、アズラク王子とキスしてたよね？」

「！」

「君を追いかけていったら、見ちゃったんだ。階段の下で二人がキスしてるところ」

「あ、あれはっ」

エリアナが顔を赤くする。

アズラクとのキスを思い出して、そんな表情をするのか。訊くんじゃなかったと思うと同時、今ここで上書きしてやりたくなる衝動《しょうどう》が胸に渦巻《うずま》く。

「ねぇエリアナ。ここにキスをすれば、君は俺を男として見てくれる？」

「え……なに？」

「ここにキスすれば、今度は俺を思い出して頬《ほほ》を染めてくれる？」

「なに、言ってるの。冗談《じょうだん》きついわ」

「冗談なんかじゃない。冗談でキスできるほど、俺は軟派者《なんぱもの》じゃないよ」

「じゃないなら、なんだって言うの？　私はシルヴィア様じゃないわよ」

「そんなこと知ってるよ。それに俺、シルヴィにキスしたことなんてないよ」

「えっ？」

かなり意外だったのか、それまでは逃げ腰《にごし》だったエリアナが逆に食いついてきた。

「なんで、どうして？　本当なの？」

のらりくらりと躱《かわ》したかったのに、エリアナの目がそれを許してくれない。

「俺にもよくわからなかったんだ。そりゃあ同僚《どうりょう》の男どもには色々と訊かれたけどさ、そういうの、シルヴィにしたいとは特に思わなかったんだ。ただ幸せになってほしいなって、それくらいしか思ってなかったから」

「アルバートは聖職者なの？」

「それ！　あいつらにも言われたんだけど」

当時のことを思い出して、口の中に苦い味が広がった。

「俺は聖職者じゃないよ。でもまあ、どうしてシルヴィにそうだったのか、最近ようやく気づいたんだけどね」

「だって、そんな」

シルヴィアに向ける気持ちと、エリアナに向ける気持ち。

近すぎて見えていなかったものが、当たり前だと思っていたものが、離《はな》れて、当たり前ではないと知り、気づかされた本当の想《おも》い。

「俺がキスしたいと思うのは、エリアナが最初で最後だよ」

「――――！」

それが正直な思いだった。彼女にしか触《ふ》れたいと思えなかった。

そして彼女に触れるのは、自分だけがいいと思った。

こんな激情を、どうして今までの自分は気づかずにいられたのだろう。そう不思議に思うくらい、想いはとめどなく溢《あふ》れてくる。

彼女との約束を守ろうとして、長年にわたり彼女の兄でいようと無意識に我慢《がまん》していたものが、堰《せき》を切ったように流れ出てきているような感覚だ。

もう兄ではいられない。いたくない。

どうすれば彼女を傷つけず、この想いを伝えられるだろう。

目は口ほどに物を言うのなら、この眼差《まなざ》しから欠片《かけら》でも伝わればいいのにと本気で思う。

そんな想いを込めてエリアナを見つめたら、彼女が初めて見せるような表情をした。

あの夜に目撃《もくげき》したアズラクのときよりも、ずっと頬を真っ赤に染めて、瞳《ひとみ》は水面のように濡《ぬ》れて揺《ゆ》らいでいる。

「エ、エリアナ？　――あ、待って！」

驚《おどろ》きと、伝染《でんせん》した照れのせいで、つい彼女の逃亡《とうぼう》を許してしまった。

去り際《ぎわ》、彼女がアルバートを振《ふ》り返る。

「私だって、アズラクとキスなんてしてないんだから。……誤解しないで」

その拗《す》ねたような顔がかわいくて、アルバートはたまらずその場でうずくまったのだった。

第9話 幸せは逃げも隠《かく》れもしない

王族専用の抜《ぬ》け道は、エリアナの寝室《しんしつ》にある本棚の裏にある。

有事の際に王族を逃がすために造られたものらしい。そう幼い頃《ころ》に教えてくれたのは、エリアナの母である。

これは外はもちろん、王宮内のいくつかの場所に繋《つな》がっている。中は迷路《めいろ》のようになっていて、エリアナは覚えるのに苦労したものだ。

その抜け道を使って図書館から戻《もど》ってくると、エリアナは持ち帰った本と共にベッドに倒《たお》れ伏《ふ》した。

「おかえりなさいませ、姫《ひめ》様。気分転換《てんかん》はいかがでしたか？」

誰《だれ》も寝室に入れないよう見張ってくれていた侍女のアデルが、淡々《たんたん》と口にする。その手は無駄《むだ》なく散らばった本を回収し、サイドテーブルにまとめていた。

エリアナはアデルの質問にすぐに答えることもできず、布団《ふとん》に顔を埋《うず》めながら呻《うめ》いた。

「〜〜〜っ」

足をじたばたさせて、このどうすればいいのかわからないぐちゃぐちゃな感情を身体《からだ》の中から追い出そうとする。

叫《さけ》び出さない自分を褒《ほ》めてほしいくらいだが、王女が足をばたつかせている時点ではしたないことは重々承知していた。

それでも、アデルは好きなようにさせてくれる。

「もうやだ。ほんとにやだ。顔が赤い自分が一番やだ。なんか気分転換できたようなできなかったような、微妙《びみょう》な感じだわ」

「さようでございますか」

はぁ、とため息をつく。

この湧《わ》き上がる感情は羞恥《しゅうち》からなのか、それとも怒《いか》りからなのか。嬉《うれ》しいのか、悲しいのか。大理石の模様のようにはっきりとしない。

唯一《ゆいいつ》わかっていることは、この全《すべ》てがアルバートのせいだということだ。

――〝俺がキスしたいと思うのは、エリアナが最初で最後だよ〟

彼が、そんなことを言うから。

「なんなのよ、もう！」

散々期待しないと言い聞かせてきたのに、顔はまだ熱を持っている。

前世でさえあんなに酷《ひど》い期待を持たせるようなことは言わなかったくせに、なぜこちらが諦《あきら》めようとしているときに限って彼はあんなことを言うのか。

アルバートの考えていることがわからない。

「アデル〜〜」

「なんでしょうか」

「男の人の考えてることがわかる方法とか、何かない？　頭が破裂《はれつ》しそう」

自分でも無茶振《むちゃぶ》りをしている自覚はあったけれど、本気でそれを望んでいるというよりは、ただ話し相手になってほしかっただけである。誰かに話すことで状況《じょうきょう》の整理をしようと思ったのかもしれない。

だからまさか、無言で寝室を出て隣《となり》の部屋に行ったアデルが、そこで待機していたユーインを連れてくるとは予想外もいいところだった。

「男性のことは男性に訊《き》くのが一番かと」

「それはそうかもしれないけど！　でもそういう問題じゃないのよアデルっ」

驚きすぎてベッドから飛び跳《は》ねるように起きた。

ある意味一番連れてきてほしくなかったのがユーインだ。なぜなら彼は、前世でアルバート《エリク》の恋人《こいびと》だった人なのだから。

たとえユーインに記憶《きおく》がないとしても、記憶があるエリアナからすれば気まずいことこの上ない。

「あの、なんでもないのよ、ユーイン。それより留守番ありがとう。助か——」

「アルバート・グレイ殿《どの》のことですか」

「へ⁉」

「また何かしたんですね、あの方は」

ユーインがチッと舌打ちした。そんな彼は初めて見た。

まるで天使に舌打ちされたようなショックを受ける。

「ユ、ユーイン？」

「失礼しました。つい抑《おさ》えられず。もちろん殿下《でんか》に向けたものではございませんのでご安心ください」

「そ、そう。それなら良かった、のかしら？」

いや、結局アルバートに向けられているので良くはないだろう。

「それより、男の心理を殿下がお知りになりたいと仰《おっしゃ》っている、とアデル殿から伺《うかが》ったのですが」

これにはもちろん首を横に振ったエリアナである。

「違《ちが》うわ。ほんと、気にしないで、むしろ忘れて。アズラクが何を考えてるのかわからなかったから、ちょっと言ってみただけなの」

この話題から逃《に》げるため、とりあえずそういうことにしておく。

そのまま物理的にも逃げようとして、寝室の扉《とびら》のドアノブに手を伸《の》ばしたとき。

「申し訳ございませんが、私にはどちらの心理も理解できません」

ユーインが引き止めるように続けた。

「ただ私は、殿下には幸せになっていただきたいと願っております。ですから殿下が本心で選ぶ方であれば、誰であろうといいと思っています。殿下の人を見る目を信頼《しんらい》しているからです。私の夢は、そうして幸せを摑《つか》んだ殿下を、最後までおそばでお守りすることです」

「ユーイン……」

「そのためにも、これが差し出た行為《こうい》であると承知の上で申し上げます。結婚《けっこん》はどうか、殿下のしたい方となさってください。私は殿下が後悔《こうかい》するところを見たくありません。本当にこのままファルシュの第二王子と結婚して、後悔なさいませんか？」

「後悔……」

どうだろう、と考える。

正直、前世では後悔なんてしなかった。むしろ最期《さいご》のときは、やっとこの醜《みに》く感情とさよならできることを喜ばしく感じていたほどだ。

もうこれで、あの二人を見守らなくて済むんだと。

大切な友人を妬《ねた》ましく思うことも、もうなくなるんだと。

前世では、嘘偽《うそいつわ》りなくそう喜んだことをはっきりと覚えている。

でも、今は――。

「私は、あなたにだけは、幸せになってもらわないと困るのです」

ユーインの真っ直《す》ぐすぎる瞳《ひとみ》が、エリアナの心を貫《つらぬ》く。

どうして彼は、ここまで自分を慕《した》ってくれるのだろう。その真摯《しんし》な瞳を見て思う。

彼はエリアナを恩人だと言うけれど、エリアナはただ、前世の恩人が不当に扱《あつか》われているのが許せなかっただけだ。

彼の実力を丸無視して、ただその血筋のみをもって差別する。それに腹が立っただけだ。

エリアナのほうが、ずっと大きな恩を受けた。

「殿下はなぜ私がここまで必死になるか、不思議に思っていることでしょう」

まるでエリアナの心を見透《みす》かしたかのような言葉だった。

エリアナが何も言わないからか、ユーインが困ったように微笑《ほほえ》む。

「正直に申し上げますと、私も自分が過剰《かじよう》である自覚はあるのです。ただ初めて殿下にお会いしたときから、ずっと強くそう思ってきました。私自身よくわからない感情です。それでも強く、あなただけは幸せにならなければならないと――幸せになるべき人だと、まるで負い目を感じるようにそう思って止《や》まないのです」

そのとき、ほんの一瞬《いつしゆん》だけ、エリアナはユーインにシルヴィアを見た。

二人が重なって見えたのは、今世に転生して初めてのことだった。

「ですから」

ユーインがエリアナの目の前で片膝《かたひざ》をつく。

「もう一度進言いたします。ご自分の心に素直《すなお》になってください」

息を呑《の》む。他《ほか》でもないユーインに願われているからこそ、ここまで激しい動揺《どうよう》を覚えている。

だって心のままでいいのなら、自分はあなたを裏切ることになってしまう。

だって心のままにしたとしても、相手はあなたを求めている。

罪悪感と、反発心が、心の中でせめぎ合っている。

「私は――」

そのとき。

「余計なことを吹《ふ》き込んでもらっては困るんだがな、ユーイン・ロックウェル」

寝室《しんしつ》の扉が勝手に開いて、アズラクが現れた。後ろからエリアナを抱《だ》きしめるように肩《かた》に腕《うで》を回してくる。

「ちょっとアズラク、近いわ。放して」

しかし彼は全く意に介《かい》さず、そのままユーインと睨《にら》み合っていた。

「まったく、伏兵《ふくへい》すぎるぞ。まさかおまえがエリアナをけしかけるなんてな」

「まだ婚約者になったわけでもない男が、気安く殿下に触《さわ》らないでいただけますか」

「おーおー、前と違ってほんとかわいくなくなったなぁ。番犬みたいだ」

「前も何も、貴殿とお会いしたのは殿下の誕生日パーティーが初めてですが？」

今にも剣《けん》を抜《ぬ》きそうなユーインに、アズラクは両肩を竦《すく》めてみせた。

その隙《すき》に彼の腕の中から逃《のが》れたら、すかさずユーインが守るように背中に隠《かく》してくれる。

「おいエリアナ。なんだこの構図は。なんか俺、悪者みたいになってねぇか？」

「自業自得《じごうじとく》よ。人を除《の》け者にして、勝手に何をやっていたの？　それに、あのキス未遂《みすい》事件だって、私はまだ許してないんだからね！」

エリアナの誕生日パーティーで、アズラクはエリアナの覚悟《かくご》を問うてきた。

それに対するエリアナの答えは「できている」だったのに、あろうことか彼はそんなエリアナを揶揄《からか》ってきたのだ。


『覚悟はできたか、エリアナ』

『できてるわ。でなきゃ、政略結婚なんてしないもの』

そう言って、エリアナは目を閉じた。これで本当にアルバートへの想《おも》いを忘れる覚悟を込めて。

『…………？』

なのに、いつまで経《た》っても変化が訪《おとず》れない。

来ると思っていた感触《かんしょく》は唇《くちびる》に落とされず、耐《た》えかねて恐《おそ》る恐る目を開けば、そこにはニヤァとあくどい笑《え》みを浮《う》かべたアズラクがいたのだ。

「な～にが『ラドニア王国第一王女のキス待ち顔って貴重だよな』なのよ!? 私がどんな思いで目を閉じたと思ってるの。人の覚悟を弄《もてあそ》ぶなんて最低よ！」

アルバートは二人がキスしていたところを見たと言っていたが、真相はこうである。おそらく角度と明るさの問題でそう見えただけだろう。

「いくらなんでもタチが悪いわよ、アズラク。こっちは震《ふる》えながらも頑張《がんば》ったっていうのに」

思い出し笑いならぬ思い出し怒《いか》りで頭がいっぱいになっていたせいで、エリアナはアズラクの言葉を聞き逃した。

「……………だからやめたんだっつの」

「え？　何か言った？」

「なんでもない。おまえは俺の紳士《しんし》さに感謝すべきだって言ったんだよ」

「どこが紳士よ」

「無理やり手を出してない時点で紳士だろ？」

「それは無理やり手を出すほうが問題じゃないかしら!?」

まあいいわ、とエリアナは切り替《か》えるように短く息を吐《は》いた。

「あなたとは少し話し合いが必要だと思ってたの。そっちの部屋に移動しましょう。ソファにでも座って、ゆっくり弁解を聞いてあげるわ」

二人は寝室から隣《となり》の部屋へ移動すると、アズラクがアームチェアに座ったものだから、エリアナはその斜《なな》め隣にある二人掛《が》けソファに腰《こし》を落ち着けた。

部屋の隅《すみ》にアデルが控《ひか》え、ユーインには——渋《しぶ》られたが——部屋の外を守ってもらう。

「それで、さっそく本題に入るけど、どうして私を部屋から出さなかったの？　いえ、出さずに、私に隠れてあなたは何をやっていたの？　あなたの騎士《きし》に涙目《なみだめ》で懇願《こんがん》されたこっちの身にもなってほしいわ」

「ああ、エリアナは情に弱いから、いざとなったら泣き落としてでも出すなって言ってあった」

「あなたのせいだったのね⁉」

アズラクはくつくつと笑っている。笑いごとではないのだが。

「だから、そこまでしてどうして……」

「おまえにはわからないさ。俺がかっこ悪く必死になっている理由なんてな」

「だってあなた、何も教えてくれないじゃない。そりゃあわかるものもわからないわよ。そういうなんでも秘密主義なところは変わってないのね」

「別に秘密主義だったわけじゃない。言ったところで何も変わらないとわかりきってたから言わなかっただけさ。今だってそうだ。言えば、おまえは俺からも離《はな》れていこうとするぞ、絶対な」

やけに自信満々に、そして小憎《こにく》たらしい笑みを浮かべられて、エリアナはムッとした。そんなことは言わなければわからないというのに、言いもしないで決めつける彼に反発心が湧《わ》き起こる。

「あなたが私を決めつけないで。そういうのは――」

「言ってみなきゃわからない？」

「そう……って、アズラク？　何してるの？」

アームチェアに座っていたはずのアズラクが、おもむろに立ち上がってエリアナの目の前まで迫《せま》ってきた。

それだけじゃない。彼はソファの背もたれに両手をつくと、その間にエリアナを閉じ込めてしまった。

視界の端《はし》でアデルが反応したので、大丈夫《だいじょうぶ》、と彼女に向けて手を振《ふ》る。

「いきなりなに？」

「こっちも時間が惜《お》しいんでな。おまえが言わなきゃわからないというなら、今世くらい言ってやろうかと思って」

アズラクは挑発的《ちょうはつ》な笑みを崩《くず》さない。

前世はあんなに表情筋が固まっていたはずなのに、今世はむしろその笑みを多く見るから、その笑みの形で表情筋が固まってしまったのかもしれないとふと思う。

エリアナも挑《いど》むように彼から視線を外さなかった。

「――好きだ」

だから、一瞬《いっしゅん》、何を言われたか理解できなかった。

それくらい予想と違《ちが》う言葉だった。喧嘩《けんか》を売られると思ったのに、それとは真逆の文句を言われた気がした。

彼の挑発的な微笑《ほほえ》みが、いつのまにか真剣《しんけん》なものに変わっている。

「好きだ、リジー。ずっとおまえが好きだった。馬鹿《ばか》みたいにいつも笑ってて、健気《けなげ》にあいつを想ってて、おまえの恋《こい》する真っ直《す》ぐな瞳《ひとみ》に、俺は恋に落ちた。その瞳が俺に向けばいいと何度も思った。おまえが傷つくたび、俺ならそんな顔させないのにって、いつも歯がゆく思っていた」

これは、なんの告白だろうと、エリアナは必死に思考を巡《めぐ》らせた。また昨夜のキスのように、彼の冗談《じょうだん》だろうか。

それとも、前世の恋多き男は、こうして甘い言葉で女性を黙《だま》らせてきたのだろうか。

そう思いたいのに、違うと、すぐに理解してしまう。だってそれほど、彼の瞳が本気だったから。

本気だと訴《うった》えるように、不安げに揺《ゆ》れていたから。

「おまえもエリクも、俺を無口な男だと言うだろう？　でもな、本当は少し違うんだ。おまえら二人の前でだけ、特にそうだっただけなんだよ。他《ほか》の奴《やつ》らの前では、俺だってもう少し口を利《き》く。だってそうだろう？　おまえの前で口を開けば、さっきみたいなことを言いたくなる。エリクの前で口を開けば、嫉妬《しっと》で文句の一つも言いたくなる。でも二人とも友人だから、困らせるとわかってて言えるわけがなかった。だから、おまえらの前でだけ、俺は余計に無口になるしかなかったんだ」

彼のこんな弱り切った声は、おそらく初めて聞くだろう。

エリアナは少しの間を置いて、そっと口を開いた。

「……前世《むかし》、私があなたに言った言葉を、あなたは覚えているかしら？　遊んでばかりいたら、いつかできる本命に逃《に》げられちゃうんじゃないって」

「ああ、覚えてる」

「冗談に思われて、誤解されるかも。とも」

「言ってた言ってた」

何が面白《おもしろ》いのか、アズラクはふはっと破顔する。

「つまりあれだろ、こういう冗談は言うなって、おまえは遠回しに言いたいんだろ？」

「え？　冗談だったの？」

「は……？」

互《たが》いに目を見開いて相手を見つめた。

先にこの膠着状態《こうちゃくじょうたい》を破ったのはエリアナだ。

「私、本気で告白してくれたと思ったんだけど、違うの？　冗談だったなら怒《おこ》るわよ」

「いやちがっ……本気、だが。でもなんで。俺が言うのもなんだが、おまえには『また私を揶揄《からか》ってるの？』って怒られると思ってた」

「揶揄ってても怒るわよ」

だってエリアナにとって〝好き〟という感情は、とても大切で、苦しいけれど、何よりも尊いものだから。おふざけに使おうものなら、相手を軽蔑《けいべつ》する自信がある。

ただ、価値観は人それぞれでもあって。

アズラクにとってのそれと、エリアナにとってのそれが必ずしも同じとは限らない。

〝好き〟だという感情を尊く思う者がいれば、疎《うと》ましく思う者だっているだろう。

だからエリアナは、自分の価値観をアズラクに押しつける気は全くなかった。

それでももし、アズラクが今の告白を冗談だと言うのなら、エリアナは彼を軽蔑するだけだ。押しつけはしなくても、拒絶《きょぜつ》はする。

けれど。

「あなたは冗談で言ってなかった。だって目が違うわ。少し不安そうな目。私と同じ」

だから解《わか》る。

同じ、恋する瞳だったから。

「さっき前世の話を持ち出したのは、ただ『あなたの本命って私だったの？』って純粋《じゅんすい》な驚《おどろ》きのせいよ」

すると、アズラクが右手で自分の目を覆《おお》った。かなり長いため息を吐《は》いている。

「だから、言いたくなかったんだ」

こんなに弱った姿の彼も、初めてだ。

「ルーク」

エリアナはあえてアズラクの前世の名前を呼ぶ。

「ごめんなさい。あなたも知ってのとおり、別に好きな人がいるの。だからあなたの想《おも》いには応《こた》えられないわ」

「ああ」

「でも、ありがとう。勇気を出して言ってくれて。こんなリジー《わたし》のことを好きになってくれる人もいるんだって、なんだか救われた気分よ」

「なんだよそれ。ほんと、だから言いたくなかったんだ。おまえのそういうところに、ルークは惹《ひ》かれてた。そういう、馬鹿みたいに他人思いなところに。言ったら絶対こうなるってわかってたんだよ」

「じゃあ言わないほうが良かった？」

「不思議とすっきりしてるから、そうとも思えなくて困ってる」

その告白にくすくすと笑っていたら、アズラクにじっと見つめられていることに気づいた。

その瞳にさっきの告白のときと同じ熱量を感じて、エリアナは小首を傾《かし》げた。

「ほんと、だから、言いたくなかったんだ」

「まだ言うの」

「何度だって言う。おまえのせいで諦《あきら》めきれなくなりそうなんだよ、こっちは」

「え？　それってどういう……今の、リジーに向けての告白よね？」

だから前世の名前をあえて呼んだのだと思っていたが。

「俺だってこんなつもりじゃなかった。最初は前世の想いを消化できるならって、ある意味おまえを利用しようとした。俺の中に残っていたルークの想いは、不完全燃焼《ねんしょう》だったせいでしつこく俺を悩《なや》ませてきたから」

アズラクが眉根《まゆね》を寄せている。

苦しそうなその気持ちは、エリアナにも覚えがある。痛いほど共感できた。

だからエリアナは、忘れるためにアルバートから離《はな》れる決意をしたのだ。

同じようにアズラクが昔の想いを消すために行動したことは、十分理解できることだった。

アズラクと自分は、あまりに似ている。

「おまえがまだ——いや、またあいつを好きになってることを知って、チャンスだと思った。おまえがあいつのものになってくれれば、俺の中にいるルークもきっと諦めがつくだろうと踏《ふ》んだんだ」

そのために、と彼は続けて。

「アルバートを煽《あお》りに煽って、キスまで見せつけて、そんな中でおまえと会えないようにもして、極《きわ》めつけに嘘《うそ》の密告までした。今か今かとあいつを待つこの時間で、俺のほうが揺らぎそうになってるなんて滑稽《こっけい》でしかない。おまえもそう思わないか？」

同意を求められても、エリアナにはなんと答えればいいかわからなかった。

アズラクが何を考えているかわからないと思っていたが、その全《すべ》てはリジーを忘れるための画策だったらしい。

そうとはわかったものの、彼が今眉尻《まゆじり》を下げている意味まではエリアナには読めなかった。

「好きだ」

「？　それはさっき聞いたわ。返事だって……」

「違《ちが》う。好きになっちまったんだ、エリアナ」

「⁉」

「あんなに疎ましいと思ってたルークの想いと、同じ想いを持っちまった。魂《たましい》が同じって、本当に厄介《やっかい》だな。せっかく転生までしたのに、覚えてちゃなんの意味もない」

「アズラク……」

そんな悲しげな声で言われたら、思わず手を伸《の》ばしたくなってしまう。

同じ気持ちを持つ者同士だからこそ、その痛みに寄り添《そ》いたくなってしまう。

いや、寄り添うべきなのだろうか。

彼と婚約《こんやく》すると決めたのは自分だ。本当は自分のことをなんとも思っていないような相手と結婚すべきだと思っているけれど、アズラクにこんな顔をさせてしまった責任を、他でもない自分が取らなければならないのではないだろうか。

だって、自分がこんな婚約を持ちかけなければ、彼が苦しむこともなかったはずなのだから。

それに。

（アルバートを忘れて、アズラクを好きになれば……）

みんなが幸せになれるのではないだろうか。

自分を想ってくれる彼を、傷つけずに済むのではないだろうか。

（アルバートを忘れて、アズラクと、恋《こい》を、すれば）

そんな未来を想像しようとして、しかし脳裏《のうり》に浮《う》かんだのは、アズラクでも、エリクでもない、太陽のように眩《まぶ》しく笑うアルバートだった。

『ねぇ、エリアナ』

耳の奥に、彼の優《やさ》しい声が蘇《よみがえ》る。

『エリアナ？　どうしたの、ぼーっとして。もしかして体調でも悪い？』

自分のことはそっちのけで、いつもエリアナの体調を心配してくれるアルバート。

『想像以上に喜んでくれて、俺も嬉《うれ》しいよ』

エリアナを喜ばせるためだけに、渋《しぶ》る兄を説得してまで視察に連れて行ってくれたこともあった。

『王女だからって全て決められたものの中で生きるのは、退屈《たいくつ》だろうしね』

誰《だれ》よりもエリアナの意思を尊重してくれて、エリアナよりエリアナのことを考えてくれる、そんな彼を。

そんな、彼以外の人を、好きになるなんて――。

くしゃりと、我知《われし》らず顔を歪《ゆが》めた。

「ごめん、なさい」

エリアナ、と目を細めて優しく微笑《ほほえ》む彼を、エリアナはやっぱり忘れられない。

「ごめんなさい、アズラク」

何度も何度も心の中から追い出そうとしたのに、結局追い出せなかった、愛《いと》しい人。

「ごめ、なさ……っ」

きっと、心のどこかでは最初からそれをわかっていて、だから物理的な距離《きょり》を置こうとしたのだろう。

でも、アズラクにそんな顔で想いを告げられたら、自分の本音を隠《かく》すこともできなくなってしまった。

同じ難儀《なんぎ》な想いを持つからこそ、彼の想いに引きずられる。

「ごめんなさい、アズラク。私、その想いにも、応えられない……っ」

ここで泣くのは卑怯《ひきょう》だと、わかってはいるけれど。

泣きたくなくても涙《なみだ》が零《こぼ》れる。気づかされてしまったからだ。

結局距離を置いたって、彼を忘れられない事実に。

だからどうしたって、アズラクに応《こた》えられない事実に。

本当はきっと、エリアナもアズラクを好きになれたら良かったのかもしれない。

そうすれば、みんなが幸せになれたのかもしれないのに。

「……謝るな。わかってたことだろ、最初から」

「それでも、辛《つら》いものは辛いわ」

エリアナがアルバートへ抱《いだ》くものと同じように。

どれだけ自分を誤魔化《ごまか》そうとしても、辛いものは辛いのだ。

「あーあ。同じ境遇《きょうぐう》ってのは嫌《いや》だな。なんでも見抜《みぬ》かれて困る」

アズラクは涙に濡《ぬ》れたエリアナを見て、ふ、と優しく微笑んだ。

それは今までに見たこともないような、慈愛《じあい》に満ちた笑《え》みだった。

鼻先を軽くつままれる。

「大丈夫《だいじょうぶ》だ。おまえの王子様は、もう呼んである」

「へ？」

「ただおまえが泣くことは計算に入れてなかったから、俺が殴《なぐ》られそうになったら止めろよ」

「ア、アズラク？　いったいなんのこと？」

「きっぱり振《ふ》ってくれてありがとうな、エリアナ。おかげで少なくとも俺は、ルークのようには拗《こじ》らせないだろ。ただ、隙《すき》あらば狙《ねら》ってはいくから、ちゃんと幸せを掴《つか》めよ」

「だからなんの――」

そのときだった。

「エリアナ!!」

血相を変えたアルバートが、この部屋に飛び込んできたのは。

どうやらユーインが入れたらしい。扉《とびら》のところに彼もいる。

「エリアナ、だいじょ――」

アルバートの目が怖《こわ》いくらいに見開いたところを、エリアナは初めて目の当《ま》たりにした。

「っアズラク王子!」

普段《ふだん》は温厚《おんこう》な彼が、限界まで眉をつり上げている。

周りの目も気にせずアズラクの胸元《むなもと》を掴み、エリアナから引き離《はな》した。

「彼女に何をした。なんでエリアナが泣いてる!」

アルバートの大噴火《だいふんか》に呆然《ぼうぜん》としていたエリアナは、そういえば自分が泣いていたことを思い出す。

そしてようやく、さっきまでの光景がまるで〝アズラクがエリアナを泣かせたように見える〟ものだったことに気づく。

二人が今にも取っ組み合いを始めそうだったため、エリアナは慌《あわ》ててアルバートの腰《こし》を後ろから抱き押さえた。

「待ってアルバート！　違うわ、誤解よ！」

「エリアナ！　なんで泣かされた君がこいつを庇《かば》うんだ！　前も言ったろ、俺はよく知ってるんだよ。こいつにどれだけ多くの女性が泣かされてきたか。――だから以前、忠告したはずだよな。エリアナを泣かせたら容赦《ようしゃ》しないって。その上で泣かせたなら、覚悟《かくご》はできてるんだろ？　アズラク王子」

アズラクは特に抵抗《ていこう》もせず両手を上げていた。

「違うの、本当に違うんだってば！　これは私が勝手に泣いたのっ。アズラクを殴ったら一生口きかないからっ！」

そう言って必死に止めると、アルバートがようやく、納得《なっとく》はしてなさそうだが、渋々《しぶしぶ》と矛《ほこ》を納めてくれた。

アズラクの胸元から手を離し、自分の腰に回っているエリアナの手を解《ほど》くと、くるりと振り返ってくる。

両手で大切なものを包み込むように頬《ほほ》を挟《はさ》まれて、心配そうに瞳《ひとみ》を覗《のぞ》き込まれながら彼の親指で涙を拭《ぬぐ》われた。

「本当に大丈夫なんだね？　何もされてない？　アズラク王子が身体的に傷つけるとは思えないけど、精神《こころ》は目に見えないから。お願いだから隠さないで」

「本当に大丈夫よ。何もされてないわ」

アルバートはじーっとエリアナを見つめたあと、やがてほっと息をついた。やっと納得してくれたようだ。

『身体的に傷つけるとは思えない』、ね。なんか変に信頼《しんらい》されてるな、俺」

はは、とアズラクが冗談《じょうだん》めかして笑う。

「俺がエリアナを襲《おそ》ったとは思わないのか？　だからエリアナが泣いてるとは、本当に思わないのか？　友人思いのエリアナは、それでも俺を庇って平気だと言っているだけかもしれないぞ」

「なっ、アズラク!?　なんでそんなこと……！」

そんなありもしないことを言うなんて、いくらなんでもアズラク自身に失礼だと怒《いか》りを覚える。

たとえ自分のことであろうとも、必要以上に自分を貶《おとし》める行為《こうい》を、彼の友人としては見過ごせない。

しかしエリアナより先に、アルバートが口を開いた。

先ほどとは打って変わって冷静な声だった。

「思わないよ。俺とエリアナを見くびるなよ、アズラク王子。そんな最低なことをする人間は、俺たちの友人にはいないんだ。でも今まで散々ルークの女性関係の後始末をしてきた俺としては、君がエリアナを弄《もてあそ》ばないと言い切る自信はない。だから怒《おこ》ってるんだろ」

「……あれ、そうだったか？」

「そうだよ！　君に本気になった途端《とたん》振られたって、屋敷《やしき》に来た女性は一人だけじゃないからな！　危《あや》うく君とよく一緒《いっしょ》にいたリジーが標的になるところだったんだから！」

「うわ、それはマジで悪い」

「そんなことあったの？　私も全然知らなかった」

「当たり前だよ。俺が気づかれる前に揉《も》み消してたんだから……ってそんなことはどうでもよくて！」

アルバートが「だったら」と困惑《こんわく》顔でエリアナとアズラクを交互《こうご》に見やってくる。

「なんでエリアナは泣いてたの？　アズラク王子のせいじゃないなら――」

「あなたのせいではないでしょうか」

「え……」

そのとき口を挟んだのは、先ほどアルバートと共に部屋に入ってきたユーインだった。

「推測ですが、あなたがさっさと想《おも》いを告げていれば、殿下が泣くこともなかったのでは」

「え、あの、ユーインさん？」

ユーインが放つ冷気を感じ取ったのか、アルバートがなぜか彼をさん付けで呼んだ。

ユーインの登場はアズラクも意外だったらしく、ぽかんと口を開けている。

止めた。

そのアズラクの服を無遠慮《ぶえんりょ》に摑んで、ユーインはアズラクごと扉《とびら》の前まで行くと、足を止めた。

「では殿下《でんか》、私はこの不埒者《ふらちもの》を追い払《はら》ってきますので、しばし失礼いたします」

「マジかよユーイン。おまえ、成長したなぁ」

我《われ》に返ったらしいアズラクが感心したようにこぼしている。

「人の頭を勝手に撫《な》でないでいただけますか！」

「はは。すぐムキになるところは変わってない」

べし、とユーインに手を叩《たた》かれたアズラクは、痛みを逃《のが》すようにその手をひらひらと振った。

「まあじゃあ、せっかくだから俺はこのかわいい子について行くかな。そういうわけだから、また会おうぜ、エリアアナ、アルバート。婚約《こんやく》のことはすでにここの国王に伝えてあるから心配しなくていい。だからアルバート、おまえ、あの条件のこと絶対忘れんなよ。忘れたらすぐにエリアアナを奪《うば》い返しに来るから、肝《きも》に銘《めい》じておけよ。わかったな」

エリアアナとアルバートが唖然《あぜん》としている間に、二人は流れるように退室していった。その後を追うようにアデルまで一礼して退室していくものだから、部屋には状況《じょうきょう》に追いつけていない二人だけが残される。

しーん、と変な沈黙《ちんもく》が流れたが、最初に回復したのはアルバートだった。

「えっと？　つまり？　何が起こったの？」

「私にもよくわからないわ」

「俺、ネイトにエリアナがアズラク王子のせいで大変なことになってるって聞いて、だから急いでここに来たんだけど」

「別に特に何もなかったけど。強《し》いて言うなら、前世のことでちょっと、感傷的になってただけかしら」

「それで泣いてたの？」

「まあそんな感じね」

「じゃあもしかしなくても俺、嵌《は》められた？　アズラク王子だけじゃなくて、自分の侍従《じじゅう》にも嵌められた？」

「そこは知らないけど……そうね、たぶん、アズラクの手のひらで転がされたのは間違《まちが》いないんじゃないかしら」

アズラクの最後の様子は、おそらくそうだろうと思わせるものだ。彼は最初からアルバートをここに呼び、エリアナに迫《せま》る自分をアルバートに糾弾《きゅうだん》させようとしたのだろう。でなければ、彼が言ったことの辻褄《つじつま》が合わない。

――〝おまえの王子様は、もう呼んである〟

だから、彼がそんなことをした理由にも、なんとなく見当がついている。

彼はエリアナにチャンスをくれたのだろう。まだ諦《あきら》めるには早いと、活を入れてくれた。

――俺も告《い》ったんだから、おまえも逃《に》げるな。

言わなければ何もわからないとは、エリアナがアズラクに向けて放った言葉だ。

まさかそれが自分にも跳《は》ね返ってくるなんて、おかしくて内心で笑ってしまった。

アルバートはネイトまでアズラクの味方をしたことがショックだったのか、両手で顔を覆《おお》ってしゃがみ込んでいる。

エリアナは、そんな彼の隣《となり》にしゃがみ込んで、彼の両手をそっと取った。

「ねぇ、アルバート。私のこと、そんなに心配してくれたの？」

彼の額にはうっすらと汗《あせ》が滲《にじ》んでいる。

政務棟《とう》からこの王族の居住棟までは、それなりに距離《きょり》がある。ネイトから聞いてここまで来たというのなら、アルバートは一度図書館から執務《しつむ》室に戻《もど》ったあとに、ここまで来てくれたということだろう。

それも、汗が浮《う》かぶくらい慌《あわ》てて。

さらには、その汗を拭《ぬぐ》うことも忘れるくらい、脇目《わきめ》もふらず。

ただただ、エリアナを心配して。

「当然だろ。君に何かあったらと思うだけで、心臓が止まりそうになるんだから」

ああ、なら。

だったら。

もう、いいのではと、誰《だれ》に言い訳をするでもなくそう思った。

アズラクがやったとおり、逃げるにしても、区切りを付けなければ。

エリアナは立ち上がった。新しい決心とともに。何がどう転ぼうとも、前世とは違う意味で、後悔《こうかい》しないために。

しかし急に立ち上がったからだろう。くらりと立ちくらみを起こす。

「と、大丈夫《だいじょうぶ》？」

アルバートがそれを当然のように支えてくれた。

ありがとうとお礼を言って、エリアナが離《はな》れようとしたとき、逆に肩《かた》を抱《だ》く彼の手に力が入ったのを感じる。

そのまま彼と向き合う形に固定されて、自然と彼のグリーンスフェーンの瞳《ひとみ》と見つめ合う。

「エリアナ。俺、君に伝えなきゃいけないことがあるんだ」

まるで彼が緊張《きんちょう》しているような、どこか硬《かた》い声だった。

エリアナまでなぜか緊張してきて、身体《からだ》を強張《こわば》らせる。

「そのためにも、先に謝っておく。もうすでに伝えたけど、俺はもう、君の兄ではいられない。君との約束を破ることになって、本当にごめん」

(約束……)

全《すべ》ての始まりは、もうこの約束にあるのではないだろうかと思えるほど、アルバートはこの約束を大切にしてくれている。

家族ならずっと一緒だねと、泣いて震《ふる》えるアルバートを抱きしめた記憶《きおく》が懐《なつ》かしい。

エリアナにとっても大切な約束だ。

それと同時に、呪縛《じゅばく》にも似た約束だとも、思っている。

「だから、新しい約束を、君と結びたい」

え、とエリアナは目を瞬《またた》いた。

この話の続きにそんな話が出てきたのは、初めてのことだったから。

「君の兄としては、もう一緒にいられない。本当にごめん。俺の都合でこんなことを言うのは、すごく勝手だってわかってる。でも俺は、君が好きなんだ。一度気づいてしまったら、もうこの想いを隠《かく》しておくことなんてできない」

アルバートの手が伸《の》びてくる。

まるで宝物に触《ふ》れるような、優《やさ》しすぎるほど優しい手つきだった。

「君が好きだよ、エリアナ」

ふるりと、身体が震えた。

「許してくれるなら、俺が君を幸せにしたい」

じわりと、視界が一気に涙《なみだ》で侵食《しんしょく》される。

「だから兄じゃなくて、俺を一人の男として見てくれませんか」

溜《た》まった涙が、ついに頰《ほほ》を一筋流れた。

今この瞬間《しゅんかん》、彼の表情を見られないのは嫌《いや》だなと、流れる涙を両手で必死に拭う。

「ああ、だめだよエリアナ。そんなに強く擦《こす》ったら、跡《あと》が残るよ」

そんなことはどうでも良かった。彼の姿を見られるなら、跡くらいいくらでも残ればいいと思った。

「なんで、最後、敬語なの」

「え？　いや、それはだって、俺も緊張してるから……」

彼はエリアナの涙を優しくハンカチで拭いながら、ほんのりと頰を染めていた。

初めて見る彼のその反応に、本当にこれが現実で、本当に彼がエリアナを女性として好きなのだと実感する。

ハンカチで涙を拭ってくれる彼の手は、心なしか震えていて。

それに気づいてしまったら、もうだめだった。溢《あふ》れる感情を止める術《すべ》を、エリアナは持ち合わせてなんかいなかった。

「エ、エリアナ!?」

彼の胸に思いきり飛び込めば、彼が動揺《どうよう》しながらも受け止めてくれる。

見た目からは想像もつかない逞《たくま》しい背中に、腕《うで》を回してぎゅっと抱きしめた。

「私も」

ドク、ドク、なんて安心するような音は、今は全く聞こえない。

「私もね」
ド、ド、ド。と常より速くて大きい鼓動《こどう》は、いったいどちらのものなのか。
「私も、アルバートが好きよ。兄としてじゃなくて、男性として。頼《たの》まれなくたって、あなたのこと、もうずっと男性として見てたわ」

その瞬間、苦しいくらいの力がエリアナの身体を圧迫《あっぱく》した。彼に抱きしめ返されているとわかって、エリアナはさらに彼の胸元《むなもと》に擦《す》り寄る。

もっと。もっと、力強く抱きしめてほしかった。これが現実だと知らしめるように。

この幸せが嘘《うそ》ではないと、刻み込むように。

「本当に……エリアナが、俺のこと……？」

「大好きよ。アルバートこそ、本当に？」

「本当だよ。エリアナが好きだ。君だけが好きなんだ。他《ほか》の誰にも渡《わた》したくないくらい。だからきっと、この先何があっても、俺は君を放してあげられない」

そう言うと、アルバートは少しの躊躇《ためら》いを見せたあと、

「だからね、あまりお勧《すす》めはしたくないけど、もし逃げるなら、今のうちだよ」

そんなことを口にした。

「自分の中にこれほど醜《みにく》い執着心《しゅうちゃくしん》があったのかと思うくらい、俺は君に執着してる。だからもしそれが怖《こわ》いなら、今ならまだ、たぶん、たぶんだけど、逃がしてあげられる。と、思うから」

なんて言いながら、彼はしっかりとエリアナを抱きしめていて、放す素振《そぶ》りは全くない。

だからエリアナは思わず吹《ふ》き出してしまった。その強さを心地《ここち》よく感じてしまった自分も、きっと放されることを望んでいない。

「大丈夫よ。私はもう逃げないわ。だからあなたも放さないで。今度は家族だからっていう誓約《せいやく》なんて抜《ぬ》きに、ずっと一緒《いっしょ》にいましょう。アルバート」

「うん、そうだね。ずっと一緒にいよう。ありがとう……っ。好きだよ、エリアナ」

アルバートの声も涙に濡《ぬ》れていた。

それから二人は互《たが》いに互いを刻み込むように、二人の隙間《すきま》を埋《う》めるように、長い間抱きしめ合っていた。

やっと足りないものが満たされていくような、そんな心地だ。

洟《はな》をすすれば彼の陽《ひ》だまりのような匂《にお》いがして、この奇跡《きせき》にまた涙が溢れる。

前世でも。今世でも。こんな奇跡、起こるはずがないと思っていたから――。

『――リジー!!』

悲鳴と、爆発音《ばくはつ》と、誰かの怒号《どごう》が耳をつんざく。

火薬の臭《にお》いがする。鉄の臭いも、肉の焼ける臭いまで。

ああ、でも。なんだか血の臭いが一番濃《こ》いなと、リジーはぼんやりと思った。どこからするのだろうと探《さぐ》ろうとして、それが自分の腹部からすることに、すぐに気づいた。

『リジー、リジー、リジーッ。なんでだ……どうして！』

身体が熱い。斬《き》られたところが痛くて痛くない。感覚を失っていると気づいたとき、あ、自分はもうだめだと悟《さと》った。

『嫌だ、リジー。嫌だ、逝《い》かないでくれっ。一人で――俺を置いて、一人で逝かないでくれ……！』

自分を抱《かか》えて号泣《ごうきゅう》する彼に、リジーはたぶん、満足してしまったのだろう。

たとえ好きになってもらえなくても、彼にとっての大切な人に、自分はなれたのだと。

彼に大切だと思われて、死ぬなと言ってもらえて。彼の大切な人を守れたことに、どんな未練も吹き飛んでしまった。

(もう、なんでもいいや。きっとこれが、私の運命だったんだから)

だから、今願うことは己《おのれ》の命じゃない。願うのは、二つ。

――願わくは、できればもう二度と、恋《こい》なんてしないように。

（〝死〟に逃げるなんて、みんなに怒られるかなぁ）

国に伝わる神話では、生を全うし、後悔なく死んだ者には、創造神の一人である兄神から褒美として転生が許されるらしい。長年そう解釈されてきた神話を、リジーは思い出す。

もしそれが本当ならば、この人生に後悔などない自分も、転生してしまうのだろうか。

《ああ、弟よ。たとえおまえが穏やかな死を受け入れようとも、私は許せそうにない》

『リジー、俺は、君を俺から奪《うば》う世界なんて、絶対に許さない……っ』

理不尽な目に遭《あ》い、それでもなお兄神を守れたことを誇《ほこ》りに思い、未練の一つも残さず死にゆく弟神を、兄神は憐《あわ》れに思った。だから転生させた。そう解釈されてきた。

けれど、自分に次の生は必要ない。この穏やかな気持ちのまま死に絶えたい。だから。

『ばい、ばい、エリク。あり、がと、ね』

最期の別れを、しっかりと伝える。

自分と出逢ってくれたこと。大切にしてくれたこと。全部、全部、ありがとうと。

『リジー？　ねぇ、リジー！　嫌だよ、待ってったら！　ずっと一緒だって、約束しただろ？　なのになんで俺を置いてくの？　ねぇ、逝かないでよっ――リジィィ!!』

──願わくは、彼がずっと、幸せでありますように。

大丈夫《だいじょうぶ》、置いていくわけじゃないよと、リジーは口にしたつもりだったけれど。はたしてちゃんと言葉にできていたかは、定《さだ》かではない。

エリクはシルヴィア様と絶対に生き残ってねと、この願いが彼に届いたかは、ひどく曖《あい》昧《まい》だ。

しかしそれを後悔しないくらい、このときのリジーは満ち足りていた。

恩人を守れたこと、彼が泣いてくれたこと。それらも確かに一因だったけれど、一番はやっぱり、これでやっと長い片想《かたおも》いに終止符《しゅうしふ》を打てることを喜んだ。

もう誰《だれ》かに嫉妬《しっと》することもない。

もう自分の醜さに嫌気が差すこともない。

手に入らない心を前に、もう、自分の心を殺さなくていいことに、ただただ安堵《あんど》した。

そうして意識は眩《まばゆ》いほどの白に覆《おお》われ、リジーはやがて完全にまぶたを落とした。

彼への想いの全《すべ》てを、そこに封印《ふういん》するように。

それなのに──。

「ねぇ、アルバート。さすがに苦しくなってきたわ。ちょっと放してくれる？」

今や二人の間には風の通り道もないくらい、ぴったりと身体《からだ》がくっついている。

「アルバート、聞いてる？」

「聞いてる。でもさ、放さないでって言ったそばからそれ言っちゃう？」

「言っちゃうわ。だって胸が苦しいんだもの」

「えっ、ごめん。息苦しい？」

「いいえ。息苦しいというより、ただ苦しいの。胸がドキドキと鳴りすぎてて辛《つら》いのよ」

「ちょっ……と待って。なんでいきなりそんなかわいいこと言うの？　むしろエリアナが俺の心臓を止めにきてる？」

「なんでよ」

「ごめん、本当に無理。というかそんなこと言われて放す男がいる？　いるわけないよ。いたら馬鹿《ばか》だよそいつ」

「なんでちょっと怒《おこ》ってるのよ」

「怒ってない。怒ってるんじゃなくて、必死に本能と闘《たたか》ってるの」

「本能と？」

「そう。それも全部、エリアナがかわいすぎるからいけないんだよ。言っておくけど、俺、たぶん嫉妬深いところもあるみたいだから気をつけてね。君が好きすぎて自分でも何をするかわからないから」

何がどうしてそんな話になったのか、憶測《おくそく》すらできないけれど。

熱を持って伝えられた言葉に、鼓動《こどう》が加速した。頬《ほほ》が熱い。こんな甘いひとときがこの世にあるなんて、エリアナは今初めて知った。

「あ。エリアナの心臓、速くなったね」

ムッと唇《くちびる》を尖《とが》らせる。

「そういうのは気づかないふりをするものよ」

「でも俺は安心するよ。エリアナが生きてて、そして俺を好きだって、全身で伝えてくれてるみたいだから」

それはエリアナにも解《わか》る感情だ。

エリアナも、普段《ふだん》であればアルバートの心音に心地よさと安堵感《あんどかん》を覚える。

それに。

「アルバートの鼓動も、速いわ」

「うん。だって俺も、全身でエリアナが好きだって伝えてるからね」

その柔《やわ》らかい声に誘《さそ》われて、少しだけ顔を上げる。

目が合って、どちらからともなく微笑《ほほえ》み合った。

自然と二人の距離《きょり》が近づいて、自然とエリアナは目を閉じる。

諦《あきら》めきれなかったありったけの想いが、重ねた唇から伝わればいい。

あとがき

初めましての方、お久しぶりの方、もしかすると中には一ヶ月ぶりの方もいるかもしれません。こんにちは、蓮水涼《はすみりよう》です。

本作は、私のデビュー後の長編小説二作目になりますが、もともとはWebに載《の》せていた小説の書籍化《しよせき》になります。もしWebに載っている小説をご存じの方がいらっしゃれば、いくつか違和感《いわかん》を持たれたことでしょう。そのあたり、本作の誕生秘話ではないですが、お話しできればと思います！

まず本作、Webから改題しております。最初のタイトルは「アルバート・グレイにさよならを」だったのですが、跡形《あとかた》もなく消えました（笑）。

理由は、昨今の流行《はやり》に乗ったから、ではないのです、実は。本作は大幅《おおはば》に改稿《かいこう》しておりまして、その改稿の中で、Web版と結末の流れが変わりました。最初のタイトルは、改稿前の流れがあってこそのタイトルだったため、変更《へんこう》した次第《しだい》です。ただ、このタイトルが本当に曲者《くせもの》で（泣）。担当様、編集部の皆様《みなさま》、その節は本当にお世話になりました……。

そしてもう一つ、実はヒロインであるエリアナの名前も変わっております。ここで私はと気づきました。「あれ、前も変えたな？」

というのも、私のデビュー作「異世界から聖女が来るようなので、邪魔者《じゃまもの》は消えようと思います」もＷｅｂからの書籍化なのですが、こちらはヒーローであるウィリアムの名前が変わっております。もっと言うなら、私の書籍化短編作品のヒロインも同様に名前が変わったのですが、こちらは割愛《かつあい》します。とりあえず私は思いました。「あれ、やっぱ変わってるね？」一人で思いっきり笑いました。そして誰《だれ》かとこの話を共有したかったのです。

というわけで、この場をお借りしました！

そんなこんなで完成した本作ですが、皆様、楽しんでいただけましたか？　あなたはアルバート派でしょうか、それともアズラク派でしょうか。もしかしてネイト派がいたりするんでしょうか。何はともあれ、本作をお手にとっていただきありがとうございました！

　そして前作からお世話になっております担当Ｉ様、前作もそうでしたが、本作においても、Ｉ様がいなければ生まれない作品でした。本当に、本当にありがとうございます。また、本作のイラストを担当してくださった春が野《はるの》先生、アルバートとエリアナのラフをいただいたときからイメージどおりすぎて幸せでした。幸せをありがとうございます。さらに校正、印刷、営業等関係者の皆様のご尽力《じんりょく》に、心からお礼申し上げます。

では、またお会いできますことを切に願って！

蓮水涼

「転生王女は幼馴染の溺愛包囲網から逃げ出したい　前世で振られたのは私よね!?」の感想をお寄せください。
おたよりのあて先
〒102-8177　東京都千代田区富士見2-13-3
株式会社KADOKAWA　角川ビーンズ文庫編集部気付
「蓮水　涼」先生・「春が野かおる」先生
また、編集部へのご意見ご希望は、同じ住所で「ビーンズ文庫編集部」
までお寄せください。

転生王女《てんせいおうじょ》は幼《おさな》馴染《なじみ》の溺愛《できあい》包囲網《ほういもう》から逃《に》げ出《だ》したい
前世《ぜんせ》で振《ふ》られたのは私《わたし》よね!?

蓮水《はすみ》　涼《りよう》

角川ビーンズ文庫　23177

令和4年5月1日　初版発行

発行者———青柳昌行
発　行———株式会社KADOKAWA
〒102-8177　東京都千代田区富士見2-13-3
電話 0570-002-301（ナビダイヤル）
印刷所———株式会社暁印刷
製本所———本間製本株式会社
装幀者———micro fish

ISBN978-4-04-112518-2C0193 定価はカバーに表示してあります。

フロレラーラ王国の第一王女ルーティエは、幼馴染みの同盟国王子と幸せな結婚を迎える——はずだった。
結婚式の最中、突如国が攻められ、人質として敵国に嫁ぐことに。
しかも相手は、不気味な仮面をつけた皇子で⁉

義妹が聖女だからと
婚約破棄されましたが、
私は
妖精の愛し子です
WEB発話題作!!!
妖精に愛された公爵令嬢の、
痛快シンデレラストーリー！
著／桜《さくら》井《い》ゆきな　イラスト／白《しろ》谷《や》ゆう
“マーガレット様が聖女ではないのですか?”
聖女の力が発揮されず王子に婚約破棄された
公爵令嬢のマーガレット。
だが隠していた能力——妖精と会話できる姿を、
うっかり伯爵家の堅物・ルイスに見られてしまい!?
シリーズ好評発売中！！

●角川ビーンズ文庫●

異世界転移したけど、
平穏な日常、時々腹黒教授
王立学院で事務員、やってます
ドS上司に立ち向かえ!?
平穏を望む事務員VS腹黒教授の異世界お仕事ライフ!
虎石幸子《とらいしさちこ》
イラスト/黒崎《くろさき》

角川ビーンズ小説大賞
原稿募集中!
君の"物語"がここから始まる!
角川ビーンズ小説大賞がパワーアップ!
https://beans.kadokawa.co.jp
詳細は公式サイトでチェック!!!
【一般部門】&【WEBテーマ部門】
賞金 大賞 100万円
優秀賞 30万円
他副賞
締切 3月31日
発表 9月発表(予定)
イラスト／紫　真依